夜想曲集

音楽と夕暮れをめぐる五つの物語

カズオ・イシグロ
土屋政雄訳

epi

早川書房

6825

NOCTURNES

Five Stories of Music and Nightfall

by

Kazuo Ishiguro

Translated by
Masao Tsuchiya
Published 2011 in Japan by
HAYAKAWA PUBLISHING, INC.
This book is published in Japan by
arrangement with
ROGERS, COLERIDGE AND WHITE LTD.
through THE ENGLISH AGENCY (JAPAN) LTD.

デボラ・ロジャーズに捧げる

目次

夜想曲集

音楽と夕暮れをめぐる五つの物語

老歌手

Crooner

ある朝、観光客に混じってすわっているトニー・ガードナーを見た。ベネチアはちょうど春に変わろうとしていて、私たちは一週間前から戸外で演奏するようになっていた。冬中、カフェの奥で縮こまり、階段を上り下りする客に邪魔者扱いされながら演奏していた身には、戸外はやはりいい。気が晴れる。風がかなり強い朝で、真新しい大テントは天井も壁もはためいていたが、演奏する私たちの気分は明るく、浮き立っていた。音楽にもそれが現れていたと思う。

まるで正規のバンドメンバーのような口をきいているが、私は実はミュージシャン仲間で言う「ジプシー」の一人だ。助っ人の口を探して広場をあちこち歩き回り、三つあるカフェバンドのどこででも演奏する。ここカフェ・ラベナで演奏することが多いが、ときにはカドリで一区切りこなしてからフロリアンに行き、そのあと、また広場を急ぎ突っ切ってラベナに戻るような忙しい午後もある。どのバンドともいい関係にあるし、ウェイター連中とも仲がいい。となれば、とうにどこかの正規メンバーになれていて不思議はないのだが、ここは過去と伝統にしがみつく町ベネチアだ。すべてが逆をいく。ほかの町ならギタリストを名乗れば歓迎されるのに、ここでは「ギターか……」とカフェの支配人が顔をしかめる。当世風すぎて観光客が嫌う、と言う。だから、昨年秋、私はサウンドホールが卵型になっているビンテージ物のジャズモデルを手に入れた。ジャンゴ・ラインハルトの手にあって少しも違和感がないやつだから、ロックンローラーと間違えられることは絶対にない。これで少しは事が運びやすくなった。とはいえ、所詮《しょせん》はギタリストで、支配人に完全に認められたわけではない。たぶんジョー・パス本人が来ても同じだと思う。サンマルコ広場では、ギタリストはジプシーに甘んじるほかない。

まあ、私がベネチア生まれでない（どころか、イタリア人でもない）というちょっとした事情もある。アルトサックスを吹くあの大男のチェコ人も同じだ。どちらもミュージシャン仲間に好かれ、必要ともされているが、演奏者名簿に名前を載せるにはいささか支障がある。カフェの支配人は顔を合わせるたびに、演奏だけして口を開くな、と言う。口を閉じていれば、外国人であることがわからない。スーツを着て、サングラスをかけ、髪を後ろになでつけろ。これで観光客には違いがわからん。とにかく、人前でしゃべるな……。

だが、嘆くほどのことではない。三つのカフェバンドはそれぞれにテントを構えて同時に演奏するのだし、ギターは――背後からアンプ越しに柔らかくどっしりした和音を響かせるギターの存在は――どのバンドにも欠かせない。三つのバンドが同じ広場で同時に演奏したらめちゃめちゃにならないか？　いや、その心配はない。サンマルコ広場は十分に大きくて、ここをぶらつく観光客の耳には、一つのバンドがフェードアウトしてから別のバンドがフェードインしてくる。ちょうどラジオのダイヤルを回すような感じだ。観光客が気にするのは、むしろクラシックの過剰だろう。名高いアリアばかりが、これでもかとインストルメンタルでつづくのを嫌がる。サンマルコ広場に最新のヒットソングを期待する人はいないとしても、誰でも何度かに一度くらいは自分の知っている曲を聞きたいはずだ――昔懐かしいジュリー・アンドリューズとか、ヒットした映画のテーマ曲とか。昨年夏のある午後、私はカフェからカフェに移動しながら、一日に九回も《ゴッドファーザー》の愛のテーマを演奏した。

ともあれ、あの春の朝、私は大勢の観光客の前で演奏していて、トニー・ガードナーを見かけた。バンドのいるテントから六メートルほど向こう、ほとんど私たちと向き合うような位置に、コーヒーを前にして独《ひと》りすわっていた。この広場にはよく有名人が来る。私たちももう慣れっこになっていて、騒ぎ立てたりはしない。曲を終えてから、メンバーどうしそっとささやき合う。おい、ウォーレン・ベイティがいるな。見ろ、キッシンジャーだぜ。あの女、たしか男二人が顔を取り替える映画に出ていただろ……？　サンマルコ広場とはそういう場所だ。だが、トニー・ガードナーに気づいたとき、私はほんとうに興奮した。いつもとは違った。

ガードナーは母の大のお気に入りだった。昔、私の国がまだ共産主義で、レコードの入手などとても難しかった時代に、母はガードナーのレコードをほぼ全部集めていた。大したコレクションだった。だが、その貴重な一枚を、私は子供のころに傷つけてしまったことがある。当時の私くらいの年齢の子は、アパートがいくら狭苦しくても動き回らずにいられない。寒くて外で遊べない冬の間はなおさらだ。よく、小さなソファーから肘掛け椅子に飛び移って遊んだ。ある日もそれをやっていて目測を誤り、レコードプレーヤにぶつかった（CDになるはるか以前のことだ）。針が盤面を横滑りして嫌な音を立て、母が台所から飛び出してきて私を怒鳴りつけた。とても落ち込んだ。怒鳴られて悲しかったこともあるが、それ以上に、母の大切なレコードを傷つけたことで胸が痛んだ。今後はこれをかけるたび、ガードナーの甘いアメリカの歌声にブチッ、ブチッという雑音が入り込む、と思った。それから何年かして、私はワルシャワで働くようになった。そこの闇市でレコードが売買されていることを知り、トニー・ガードナーのアルバムを探しはじめた。一枚、また一枚と見つけては、母に会いに戻るたびに持ち帰った。こうして三年以上かけて、もうすっかり擦り切れていた母のレコードを全部入れ替えた。もちろん、私が傷つけたあのレコードもだ。

だから、ほんの六メートル先にガードナーを見つけたときの私の興奮、おわかりいただけるだろうか。一瞬、信じられない思いがして、そのせいでコードチェンジが一拍遅れたような気がする。なにしろトニー・ガードナー本人だ。母が知ったら何と言うだろう、と思った。母のため、母の思い出のため、ぜひ近づいて何か話しかけねば、と思った。仲間に笑われても、ベルボーイみたいだとからかわれてもかまうものか、と。

テーブルや椅子を掻きわけてすぐにでも飛んでいきたかったが、演奏する曲目がまだ残っていた。最後の三、四曲は苦痛以外の何物でもなく、一瞬ごとにもう立ち去るのではないかと命の縮む思いがした。だが、ガードナーはずっとすわりつづけた。独りで目の前のコーヒーを覗《のぞ》き込み、ウェイターはいったい何をもってきたものやらという当惑顔で、それを搔きまわしていた。淡い青色のポロシャツに、ゆったりした灰色のズボン。いでたちはごく普通のアメリカ人観光客だ。それに、レコードのジャケットで見慣れていた真っ黒で艶やかな髪は、量こそまだ十分に残っていて、昔と同じ髪型に整えられていたものの、色はほぼ白く変わっていた。だから、最初に見たとき、サングラスを外し、手に持っていてくれてよかった。そうでなければ気づかなかったかもしれない。演奏をこなしながら、私はガードナーを見つめつづけた。サングラスをかけては外し、またかけて、何やら考え事をしているように見えた。私たちの演奏に耳を傾けているふうではなく、その点は少しがっかりした。

その時間のプログラムが終わり、私は仲間に声もかけずにテントから飛び出すと、トニー・ガードナーのテーブルに向かった。背後に立ったが、そこからどう声をかけてよいかわからず、一瞬パニックになった。だが、第六感でも働いたのか、それともファンにまとわりつかれた長年の経験のなせる業なのか、ガードナーのほうから振り向いて私を見上げてくれた。とたんに私は自己紹介を始めていた。崇拝者であること、たったいまバンドの一員として演奏していたこと、母が熱烈なファンだったこと……一気にまくしたてた。ガードナーは患者の訴えを聞く主治医のような重々しい表情で聞いていた。しゃべるのは一方的に私で、ガードナーはときおりうなずいて、「ほう」とか「なるほど」という相槌《あいづち》を返した。ひとしきりしゃべり、そろそろ引き上げる頃合と判断して背中を向けかけたとき、ガードナーが口を開いた。

「なるほど、共産主義の国からではたいへんだったろう」

「過去のことです」私は肩をすくめ、陽気に言った。「いまは自由の国、民主主義の国ですよ」

「よかった。で、いま演奏してくれていたのが君と仲間たちか。まあ、すわりたまえ。コーヒーはどうだ」

私はお邪魔だろうからと言ったが、なぜかガードナーはやんわりと――だが、しきりに――引き止めようとした。「まあそう言わずに……お母上がレコードを気に入ってくれたって？」

そこで私は腰をおろし、もう少し話をした。母のこと、アパートのこと、闇市でのレコード漁《あさ》りのこと……。私はもうアルバムの名前を忘れていて、だからジャケットの絵を思い出すままに語った。私の説明を聞きながら、ガードナーは思い当たると人差し指をぴんと立て、たとえば「ああ、それは『比類なき』だ。『比類なきトニー・ガードナー』」などと言った。このやり取りを、私たちはどちらもとても楽しんだと思う。だが、不意にガードナーの視線が私から逸《そ》れた。つられて振り返ると、ちょうど一人の女が私たちのテーブルに近づいてくるところだった。

手の込んだ髪型と服装、端麗《たんれい》な容姿。上品なアメリカ婦人の典型のような女だった。遠くからは、華やかなファッション雑誌を飾るモデルの一人と見まがうほどだったが、すぐ近くに来ると、さすがにそう若くはないことが見てとれた。ガードナーの隣にすわり、サングラスを額に押し上げたとき、私は、少なくとも五十はいっているなと思った。もっと上かもしれない。「わしの女房、リンディだ」とガードナーが言った。

ガードナー夫人は私ににこりと——やや無理をして——笑いかけてから、夫に「で、どなた？　お友達ができたのね」と言った。

「ああ、楽しく話をさせてもらっていた。この方は……失礼、君の名前をまだうかがっていなかった」

「ヤン」と私は反射的に答えた。「ですが、友人からはヤネクと呼ばれています」

「ニックネームが本名より長いんですの？」とガードナー夫人が言った。「そんなこともあるのね」

「無礼はいかんよ、ハニー」

「無礼？　わたしがいつ？」

「名前をからかってはいかん。レディのすることではない」

ガードナー夫人は当惑したような顔を私に向けた。「何のことかおわかりになる？　わたしはあなたを侮辱したかしら」

「いえ、とんでもないです」と私は答えた。

「他人様《ひとさま》に無礼はいかん――夫はいつもそう言うんです。そんなつもりはないのに。いまも無礼でした？」そして夫に向かい、「誰にでも普通に話していますよ、あなた。これがわたしの話し方、無礼になどしていません」と言った。

「なら、いいんだ」とガードナーが言った。「大騒ぎするようなことではない。ただ、この方はただの他人様ではない」

「あら、違うの？　では、何？　行方不明だった甥御《おいご》さん？」

「そう突っかかるな。この方は同業者、プロのミュージシャンだ。いまもあそこで演奏してくれていた」そう言って、テントを指し示した。

「まあ」ガードナー夫人はまた私に向き直った。「たったいまそこで演奏していた方？　すてきでしたわ。アコーディオンでしょう？　とってもすてき」

「ありがとうございます……が、私はギタリストです」

「ギタリスト？　嘘でしょう。さっきまでわたしも拝見していたんですよ。あそこ、ダブルベースの隣におすわりになって、とても見事にアコーディオンを弾いていらした」

「あの……アコーディオンはカルロといって、禿《は》げた大男でして……」

「ほんとうに？　からかっているんではなくて？」

「ほら、ハニー、それが無礼だと言うんだ」

怒鳴るというほどではなかったが、ガードナーの口調は突然硬くなり、怒気《どき》を帯びていた。しばらく落ち着かない沈黙があって、やがてガードナーがそっと言った。

「すまない、ハニー。当たるつもりはなかった」

ガードナーが手を伸ばし、夫人の片手をとった。一瞬、夫人が振り払うのではないかと思ったが、そうはならず、夫人は椅子にすわったまま夫に体を寄せ、自分の手を握る夫の手に、空いている反対側の手を重ねた。数秒間、二人はその姿勢のままでいた。ガードナーは頭を垂れている。夫人は夫の肩越しに広場の向こう側をぼんやり見つめている。そこにはバシリカが建っていたが、夫人の目がそれをとらえていたかどうかは疑問だ。その数分間、二人は同じテーブルにいる私のことはもちろん、サンマルコ広場にいるすべての人々のことを忘れているかに見えた。やがて、ささやくように夫人が言った。

「いいのよ、あなた。悪いのはわたし。あなたの気持ちを乱してしまったわね」

二人は、いましばらくそうやって手を重ね合ったままますわりつづけた。やがて、夫人は溜息とともに夫の手を放し、私を見た。さきほど私に向けられた視線とは違い、今度の視線からは夫人の魅力が伝わってきた。ダイヤルがついているようだ、と私は思った。ゼロから十までの目盛りがあって、この瞬間、私向けに使われているのは六か七。十までいっぱいに上げなくても十分な魅力がある。いま頼みごとをされたら——たとえば、広場の端で売っている花を買ってきてと頼まれたら——私は喜んで応じていただろう。

「ヤネク……でしたわよね?」と夫人が言った。「ごめんなさいね、ヤネク。トニーの言うとおり、あなたにあんな口をきいてはいけませんでした」

「そんな、奥さん。ほんとうにお気になさらずに……」

「それに、ミュージシャンどうしの気の置けないおしゃべりの邪魔をしたし。さ、邪魔者は消えます。どうぞおつづけになって」

「行く必要はないぞ、ハニー」とガードナーが言った。

「いえ、ありますよ。だって、わたし、あのプラダのお店を覗きたくてうずうずしてるんですもの。いま来たのも、帰りが予定より遅くなりそうだって伝えるため」

「そうか」ガードナーはここで初めて背すじを伸ばし、深く息を吸った。「おまえが楽しく過ごせるのなら止めはせん」

「ご心配なく。楽しみますとも。お二人も男どうしのおしゃべりを存分にどうぞ」夫人は立ち上がり、私の肩に手を触れた。「じゃね、ヤネク」

夫人は歩み去り、私たちは見送った。そのあと、ベネチアでのミュージシャン暮しのことや、カドリバンドのこと（ちょうどカドリで演奏が始まっていた）を聞かれるままに話したが、何をどう答えてもガードナーは半《なか》ば上の空のように見えた。そろそろ潮時だと思い、立ち上がろうと身構えたとき、ガードナーが突然こう言った。

「君にひとつ聞いてもらいたいことがあるんだがな。不躾《ぶしつけ》は承知で話すから、もし意に染まなかったら遠慮なく嫌と言ってくれ」そして身を乗り出し、声を低くした。

「リンディとわしが初めてベネチアに来たのは二十七年前だった。ハネムーンで、楽しい思い出がたくさんある。だが、後にも先にもベネチアはその一回だけだ。あとは……少なくとも二人一緒には来たことがなくてな、だから、今回、この特別な旅行を計画したとき、ベネチアでは絶対に何日か過ごそうと二人で話し合った」

「結婚記念日というわけですね」

「結婚記念日？」ガードナーは驚いたように言った。

「すみません。特別な旅行とおっしゃったので、そうかな、と」

ガードナーはしばらくあっけにとられた表情でいたが、次に笑いだした。それは轟《とどろ》き渡るような大きな笑い声で、聞きながら私は不意にある歌を思い出した。母がよく聞いていた歌、途中に語りが入る歌だ。女に去られた男が、なんともないさ、と強がり、そのあと自虐的に大きく笑う……いま、それと同じ笑いが広場に響いていた。やがて、笑い声がやんだ。

「いや、結婚記念日ではないんだ」とガードナーが言った。「だが、さほど的外《まとはず》れでもないな。というのは、われながらちょっとロマンチックなことを企《たくら》んでいてな……女房にセレナーデを聞かせてやりたい。そこで君への頼みだ。わしはこれをベネチア流にきちんとやりたい。つまり、君にギターを弾いてもらって、それで歌うんだ。もちろん、ゴンドラからな。ゴンドラで窓の下に漕ぎ寄せて、上にいるあれのためにわしが歌う。幸いこの近くにパラッツォを借りていて、ちょうど寝室の窓の下を運河が流れている。暗くなれば壁の外灯で辺りがうまく照らされて、実にいい雰囲気になる。ゴンドラにいる君とわしとで、窓辺のあれのために、あれの好きな歌を何曲かやる。夕方はまだ寒いから、長くなくていい。せいぜい三曲か四曲かな。君には十分な礼をするつもりだ。どうかね」

「光栄です、ガードナーさん。さきほどもお話ししたとおり、私にとってあなたは特別な人ですから。で、いつをお考えですか」

「雨が降らなかったら、今晩。八時半頃でどうだろう。わしらはいつも夕食が早いから、その時間にはもう戻っている。わしは何か理由を作ってパラッツォを出て、君と落ち合おう。ゴンドラは用意しておく。それに乗って運河で戻り、窓の下に寄せる。これで問題あるまい。どう思う？」

夢がかなった……そんな私の感慨をご想像いただけるだろうか。計画自体も夢のような話だ。六十男と五十女の夫婦。それが恋する十代の若者のようにふるまう！　あまりに愛すべきアイデアに、私はさきほど二人の間に起こったことをほとんど忘れそうになっていた。が、もちろん忘れられるわけはない。ガードナーが思わせたがっているほど、どうやら物事は単純ではない――私はそれを最初から心の奥底で感じとっていた。

次の数分間、私たちはテーブルについたまま細部を詰めた。どの歌をやるか、キーをどうするか……。そんな話をしているうちに次のプログラムの時間が近づいてきた。私はテントに戻らなければならない。立ち上がり、握手をして、今晩は安心していただいて絶対に大丈夫です、と約束した。

その夜、暗く静かな通りを歩いて、約束の場所まで行った。当時の私はまだ地理不案内で、サンマルコ広場から少し離れると必ずと言ってよいほど道に迷った。ガードナーと約束した小さな橋は知っていたし、十分な時間的余裕をもって出かけたつもりだったが、着いてみると、やはり数分遅刻していた。

ガードナーは皺《しわ》だらけの黒いスーツを着て、街灯の真下に立っていた。シャツのボタンを上から三つ目か四つ目まで外していて、胸毛が見えた。遅れたことを謝る私に、「数分間が何だ」と言った。

「数分間が何だ。リンディとわしは二十七年間連れ添ったんだ。数分間など問題にもならんよ」

怒ってはいなかったが、雰囲気は何やら陰気で重苦しく、ロマンチックからはほど遠かった。背後には川面《かわも》でゆったりと揺れるゴンドラが見え、船頭のビットーリオがいた。私の好きな男ではない。表では友人然とふるまいながら、裏で悪口を言う。私のような人間を「出来たてほやほやの国から来た外人」と呼び、何かにつけて、あることないことを言いふらす。いまもそうだし、あのころもそうだった。だから、あの晩、ビットーリオからいくら親しげな口調で挨拶《あいさつ》されても、私はうなずき返す以上のことをしなかった。ゴンドラに乗ろうとするガードナーに手を貸すところも、ただ黙って見ていた。そして持参したギター（サウンドホールが卵型のあれではなく、普通のスパニッシュギター）を先に渡してから、自分でも乗り込んだ。

ゴンドラの舳先《へさき》で、ガードナーはうろうろと場所が定まらずにいたが、いきなりどすんとすわりこんだ。おかげで舟が転覆しかかったのに、それにも気づかないふうだった。舟が岸を離れてからは、じっと水面を見つめていた。

しばらくは黙って漂うように進んだ。真っ暗な建物の横を過ぎ、低い橋をくぐった。何やら物思いにふけっていたガードナーが、ふと顔を上げた。

「聞いてくれ、ヤネク。今晩の曲目が合意済みなのは承知だが、実はリンディの好きな歌に《恋はフェニックス》というのがある。わしもずいぶん昔に一度これをレコーディングした」

「知っていますよ。母はシナトラよりあなたのほうがいいと言っていました。有名なグレン・キャンベルのやつよりいい、と」

ガードナーがうなずくのが見えたが、それからしばらく表情が隠れた。ゴンドラはビットーリオの掛け声とともに角を曲がり、周囲の壁にその声がこだました。

「女房によく歌ってやった」とガードナーが言った。「今夜も歌ったら喜んでくれるかもしれん。君はあれを弾けるかな」

ギターはもうケースから出してあったから、私は数小節を弾いてみせた。

「Eフラットまで上げてくれ」とガードナーが言った。「アルバムではそうした」

そこでEフラットでコードを弾いた。弾きつづけるうち、バースが終わった辺りでガードナーが歌いはじめた。低く、小さく、歌詞をよく覚えていないような歌い方だったが、その声は静かな運河に実によく響き、とても美しく聞こえた。一瞬、私は少年時代に戻ったような気がした。あのアパートで、私が絨毯《じゅうたん》の上に寝転がり、母がソファーに――疲れ果ててか、悲しみに打ちひしがれてか――じっとすわっていた。部屋の片隅でトニー・ガードナーのレコードが回っていた。

突然、歌声が途切れ、「よし」とガードナーが言った。「《フェニックス》はEフラットで行こう。あとは打ち合わせどおり《惚れっぽい私》、そして《ワン・フォー・マイ・ベイビー》だ。それで十分だろう。女房もそれ以上は聞きたがるまい」

そう言うと、また物思いに沈んでいった。暗闇にビットーリオの立てる水音だけが響き、私たちはその暗闇の中を進んだ。

「ガードナーさん」しばらくして私はそっと呼んだ。「ちょっといいですか。今夜のことは奥様もご存じなんでしょうか。それとも、これはすてきなサプライズですか」

ガードナーは重く溜息をつき、「後者だな」と言った。「強《し》いて言えば、すてきなサプライズになるだろうと思うが、あれがどう反応するかは神のみぞ知るだ。《ワン・フォー・マイ・ベイビー》までたどり着けない可能性もある」

ビットーリオは櫂《かい》を操ってまた一つ角を曲がった。突然、私たちは笑い声と音楽の中にいた。明るく照らされた大きなレストランが現れ、ゴンドラはその前を通過していた。どのテーブルも人で埋まり、ウェイターが走りまわっている。早春のこの時刻、しかも運河の縁だから決して暖かいはずはないが、食事客はみなとても楽しそうに見えた。静寂と暗闇に慣れた目に、にぎやかなレストランは違和感があり、一瞬、こちらが静止して、目の前を通るきらびやかな遊覧船を波止場から眺めているような錯覚にとらわれた。いくつかの顔が私たちに向けられたが、とくに興味を示す表情はなかった。レストランが後方に過ぎ去ってから、私はガードナーに言った。

「妙なものですね。いま目の前を通ったゴンドラに伝説のトニー・ガードナーが乗っていたと知ったら、あの観光客らはどうしたでしょう」

英語があまりできないビットーリオも私の言ったことがわかったらしく、小さな笑い声を立てた。だが、ガードナーは何も言わなかった。ゴンドラはまた暗闇に戻り、狭い運河沿いに並ぶ家々の、弱い光で照らされた戸口の前を進んだ。不意にガードナーが言った。

「君は共産圏の出だ、ヤネク。だから、こういうことの事情には疎《うと》いだろうと思う」

「私の国はもう共産主義の国ではありませんよ、ガードナーさん。自由の国です」

「すまない。君の国を侮辱するつもりはないんだ。勇敢な国、勇敢な国民だ。未来に平和と繁栄を願っているよ。わしの言いたかったことはな、ヤネク、言いたかったことは、かつて共産主義だった国の出として、君には――当然のことながら――まだ理解できていないことが多くあるということだ。逆に、わし自身、君の国に行けばわからんことばかりに違いない」

「そうですね、ガードナーさん」

「いま通り過ぎたレストランの客な、あの連中のところに行って、〝やあ、トニー・ガードナーを覚えているかい〟と言ったとする。なかには……いや、もしかしたらほとんどの人が〝うん〟と言うかもしれん。ありうる。だが、前を通り過ぎていくわしに仮に気づいたとして、はたして彼らは興奮して飛び上がるだろうか。そうは思わん。きっとフォークを置きもしないし、蠟燭《ろうそく》の明かりのもとでしていた愛の告白もやめない。やめる理由がない――過ぎ去った時代の老歌手を見ただけではな」

「信じられません。ガードナーさん、あなたは最高ですよ。シナトラやディーン・マーチンと同じです。ただの人気歌手ではない。一流が廃《すた》れるなんてことはありません」

「親切な言葉だ、ヤネク。ありがとう。悪気がないことはわかっているが、今晩は……今晩だけは冗談をよしてくれ」

私は抗議しようとしたが、ガードナーの醸《かも》す雰囲気がその話題をもう持ち出すなと言っていた。そのあと、私たちは黙ってただ進んだ。正直、私は何か面倒なことに巻き込まれたのではないかと思いはじめていた。セレナーデだ何だと、いったいどういうことなのだろう。アメリカ人のやることはわからない。ガードナーが歌いはじめたとたん、夫人が銃を持って窓辺に来て、私たちに発砲するなんてことにならないだろうか。

ビットーリオも同じようなことを考えたに違いない。ある建物の外灯の下を通り過ぎるとき、何か言いたげに私を見た。「変な野郎を乗せちまったな、アミーコ」とでも言いたかったのだろう。だが、私は無表情で通した。ガードナーに対してビットーリオの肩をもつことなどありえない。なにしろ、観光客相手のぼったくりや運河の汚染など、この町を破滅に導くもろもろのことを私のような外国人のせいにしているビットーリオだ。虫の居所が悪ければ、辻強盗や強姦魔とさえ言う。あるとき、ほんとうにそんなことを触れまわっているのか、と本人に問いただしたことがある。神かけてそんなことはしていない、と言っていた。自分には母のように慕うユダヤ人の叔母がいる。なのにどうして人種差別などするものか、と。だが、ある日の午後、私は演奏の合間にドルソドゥーロ地区で息抜きをしていた。橋にもたれて川面を見ていると、一隻のゴンドラが下を通っていった。三人の観光客がすわり、櫂を手にしたビットーリオがその三人を見下ろすように立って、長広舌をふるっていた。そう、先日否定したばかりのたわごとを延々と。だから、ビットーリオがいくらこちらの目を見つめて真摯《しんし》ぶっても、私が仲間意識を示すと思ったら大間違いだ。

突然、「一つ秘密を教えよう」とガードナーが言った。「ちょっとした演奏のこつだ。プロからプロへの秘密伝授というところだが、実際は単純なことだ。それはな、聴衆のことを何か知っておけ、ということだ。何でもいい。今日の客は昨夜の客とどう違うか——自分の心で納得できることなら何でもいい。たとえば、ミルウォーキーにいるとする。自分に問いかけるんだ。何が違う。ミルウォーキーの客と昨夜のマディソンの客の違いは何だ。何も思いつかない？　だったら考えろ。思いつくまで考えろ。ミルウォーキー、ミルウォーキー……。ミルウォーキーはいい豚肉を産することで名高い。うん、これでいい。舞台にでたら、それを使え。客には何も言う必要はない。ただ、歌うときに、それを心にとどめておくことが重要なんだ。目の前にすわる客は、うまい豚肉を食っている人々だ。豚肉に関しては一家言ある……。わしの言うことがわかるかな。そう思うことで、聴衆への手触りが生まれる。面と向かって歌ってやれる誰かになる。それがわしの秘密だ。プロからプロへ、これを伝授しよう」

「ありがとうございます、ガードナーさん。そんなふうに考えたことはありませんでした。あなたからの助言として、心に刻んでおきます」

「今晩も同じことだ」とガードナーはつづけた。「わしらはリンディのために歌う。女房が客だ。だから、女房のことを少し話しておこう。聞きたいかな」

「もちろんです、ガードナーさん。ぜひ聞かせてください」

次の二十分ほど、ゴンドラはゆっくりとその辺を漂い、ガードナーはしゃべりつづけた。ときどき、声がつぶやきほどに小さくなり、まるで独り言のようになった。だが、外灯や窓からの光がゴンドラにまで射し込むと、突然、私のことを思い出したかのように声を張り上げ、「わしの言っていることがわかるかな、ヤネク?」などと言った。

女房はアメリカのど真ん中、ミネソタ州の小さな町の生まれだ、とガードナーは言った。勉強そっちのけで、スターの載っている映画雑誌ばかり見ていたから、学校ではいつも先生に叱られていた。

「教師が知らなかったのは、リンディには遠大な計画があったということだ。いまのリンディを見てみろ。金はある。美人だ。世界中を旅している。一方、リンディを叱った女教師はどうなった？　いまどこでどんな生活をしている？　もう少し映画雑誌でもめくり、いくつか夢でも見ていたら、少しはリンディに近い生活ができていたかもしれん」

十九歳でカリフォルニアまでヒッチハイクをした。ハリウッドに行きたかったが、結局、ロサンゼルス郊外の道路沿いにある食堂で、ウェイトレスをするはめになった。

「ハイウェイから少しはずれている、どうということのない小さな食堂だ。だが、意外や意外、この食堂に行き当たったのが、リンディには最大の幸運だった。なぜと言うに、この場所こそ野心満々の若い娘たちが朝から晩までひっきりなしに詰めかける場所だったからだ。七、八人、ときには十数人もがここに集まって、コーヒーとホットドッグで何時間もしゃべりつづけた」

いずれもリンディよりは少し年上、アメリカ中のありとあらゆる場所からやってきた娘たちで、ロサンゼルス周辺に少なくとも二、三年は暮らしていた。この食堂に集まってはゴシップを交換し、なかなか向いてこない運を嘆き合い、作戦を練り、その進み具合を互いに確認し合った。だが、主役はなんと言ってもメグだ。リンディのウェイトレス仲間、四十女のメグだった。

「メグ自身、かつては娘らとまったく同じ立場だったから、姉御《あねご》役となり、助言者となったのは必然だ。銘記しておくべきは、この娘らが実に真剣だったということだ。すごい野心家で、心に決意を秘めていた。そういう娘は、並みの娘のように服や靴や化粧のことを話し合っただろうか。もちろん話し合った。だが、大目標はあくまでもスターとの結婚だ。だから、その目的を達成するためにどんな服が、靴が、化粧が役立つかを話し合った。映画のことはどうだ？　音楽界のことは？　もちろん。どのスターや歌手が独身で、誰の結婚が破綻《はたん》しかかっていて、誰が離婚手続きに入っているかを話し合った。メグはそれをすべて知り、それ以上のことも知っていた。かつては自分も目指した道だ。スターと結婚するためのルールも裏技も知り尽くしている。リンディは娘らと同じテーブルにつき、耳を澄ましてすべてを吸収した。小さなホットドッグ食堂がリンディにとってのハーバードとなり、イェールとなった。ミネソタの田舎から出てきた十九歳の娘だ。一歩間違えたらどうなっていたか……わしは身が震えるよ。だが、あれは運がよかった」

「ガードナーさん、話の腰を折るようですが、そのメグという人。それほど知識があって賢いのに、なぜ自分はスターと結婚できなかったのです？　なぜホットドッグ食堂のウェイトレスなどに？」

「いい質問だが、君はこういうことには疎《うと》いようだ。いいか。メグ自身は望みがかなわなかった。だが、重要なのは、望みがかなった娘らをじっと見ていたということだ。わかるかね？　メグも昔は大望を抱く娘の一人だった。仲間の何人かが成功し、大多数が失敗するのを見てきた。落とし穴も見たし、虹色の階段も見た。だからこそ説得力のある話ができて、娘たちが耳を傾けた。一握りはその話から学習した。リンディもその一人だ。さっきも言ったとおり、メグから聞く話があれのハーバードだった。それを糧《かて》にして、いまのあいつがある。強さを——のちに大いに必要となる強さを——身につけた。どれほどの強さが必要だったことか……。なにしろ、最初のチャンスにめぐり合うまでに六年かかったからな。想像できるかね？　策略をめぐらし、自分を餌《えさ》にし、巧《たく》みに立ち回りつづける六年間だ。叩かれて、また叩かれる六年間。わしらの業界と同じだな。何度か難関にぶち当たっても、白旗はあげられない。白旗をあげたら、もうどこかの田舎町で名もない誰かと結婚するしかない。世にあふれている普通の娘になる。だが、リンディのような一握りの娘は障害にぶち当たるたびに学習し、より強くなる。強くなって、狂ったように戦いに戻っていく。リンディが屈辱を味わわなかったと思うかね？　あの美貌と魅力の持ち主にしてそうだ。世間はなかなか理解しないが、美貌だけでは物事の半分しか片づかない。美貌は両刃《もろは》の剣なんだよ。使い方を誤ると売春婦扱いされる。ともかく、リンディには六年後にチャンスが訪れた」

「あなたと出会ったということですか」

「わしと？　いや、いや。わしが登場するのはもっとあとだ。リンディはディーノ・ハートマンと結婚した。何、ディーノを知らない？」ガードナーはやや意地の悪い笑い声を立てた。「哀れなディーノめ。まあ、やつのレコードが共産圏まで浸透するはずはなかったか。だが、こちらではけっこう名のあった男だ。ラスベガスでよく歌っていたし、ゴールドディスクも何枚かある。そのディーノにリンディはチャンスを見出して、わしと初めて出会ったときはその妻になっていた。メグに言わせると、それが出世の常道なんだそうだ。最初からつきについて、いきなりてっぺんに上り詰める娘もいる――シナトラと結婚するとか、ブランドと結婚するたぐいだな。だが、そういうことはまれだ。最初は、二階でエレベーターを下りる心構えがいる。二階で下りて、少し歩きまわって、そこの空気に慣れておく。そうしているうちに、ある日、特別の誰かに会うかもしれん。ペントハウスに住んでいて、何かの用事で数分間だけ下りてきたような誰かにな。その誰かから誘いがかかる。一緒に最上階まで行きませんか……？　物事とはそういうふうに運ぶものだ、とリンディは知っていた。だから、ディーノと結婚しても野心を持ちつづけた。妥協せず、弱気にもならなかった。正直、わしはリンディを一目見て、その瞬間に虜《とりこ》になった。だが、ディーノはちゃんとした男で、わしも嫌いではなかった。だから、そのときはちょっかいを出さず、完璧な紳士で通した。あとから聞くと、だからこそリンディはいっそう意志を固めたんだそうだ。まさに賞賛に値する女だとは思わんかね？　その当時の音楽界で、わしはもう光り輝くスターになっていた。君の母上がわしを聞いてくれたのも、その頃ではないかと思う。一方、ディーノの星は急速に輝きを失いつつあった。あいつだけではない。多くの歌手にとって辛い時期だった。すべてが変わりつつあった。若者はビートルズを聞き、ローリング・ストーンズを聞いていた。哀れなディーノ。あいつの歌はビング・クロスビーに似すぎていた。では、とボサノバのアルバムを出してみたが、笑い物になっただけだ。リンディとすれば、当然、行動に出る時期に来ていた。あの状況でわしらを非難する人は誰もいなかったろう。ディーノ自身にさえ非難の気持ちはなかったと思う。だから、わしも応じた。リンディはペントハウスの住人になった。

ラスベガスで結婚して、部屋の浴槽をシャンパンで満たすなんてこともした。今晩やる《惚れっぽい私》な。なぜこれを選んだと思う？　知りたいかね？　結婚して間もなく、ロンドンに行ったんだ。朝食をすませてスイートに戻ると、メイドが掃除に来ていた。だが、そのときのリンディとわしはウサギのように盛っていてな、だからそっと忍び込んだ。メイドは居間で掃除機をかけていたが、仕切りがあって、音は聞こえても姿は見えん。わしらは子供みたいに抜き足差し足で居間を抜け、寝室に入ってドアを閉めた。寝室の掃除はもうすんでいた。だから、メイドはもう――絶対とは言い切れんが――戻るまいと思った。正直を言うと、戻ろうが戻るまいがかまわなかった。服を脱ぐのももどかしい。ベッドに飛び込んで、愛し合った。その間、メイドはわしらが戻ったなど夢にも思わず、ずっと壁の向こうにいてスイート内を歩きまわっていた。盛りに盛っていた二人だったが、やがて自分たちのしていることがなんだかおかしくなって、笑わずにいられなかった。ことが終わってからも、抱き合ったままベッドに横になっていた。メイドはまだ居間でがたごとやっていて、そのうちどうしたと思う？　歌を歌いはじめたぞ。掃除機をかけ終わって楽になったのか、ありったけの声を張り上げて歌っていた。その声のひどさたるや……。わしら二人は笑い転げるほどだったが、なんとか笑い声が漏れないよう抑えていた。さて、メイドだ。歌をやめ、今度はラジオをつけた。チェット・ベイカーが聞こえてきた。そう、《惚れっぽい私》さ。スローで、メローで、実によかった。リンディとわしはベッドで抱き合ったまま、ラジオから流れるそれを聞いていた。しばらくしてふと気づくと、わしも一緒に歌っていた。ごく小声でな、チェットに合わせていた。腕の中ではリンディが丸まっていた。そういうわけだ。だから、今晩、この歌をやろうと思った。あれが覚えているかどうかはわからん。どうだろうな……」

ガードナーの話がやみ、見ると涙をぬぐっていた。ゴンドラがまた角を曲がって、さっき通り過ぎたレストランの前にまた出た。いっそう賑わいが増したようで、いまはピアニストまで登場し、片隅でピアノを弾いていた。たしかアンドレアという名前のピアニストだ。

ゴンドラはまた暗闇に入った。「ガードナーさん」と私は呼びかけた。「私が口をはさむような問題でないことはわかっています。でも、ひょっとして、奥様との間があまりうまくいっていないのでしょうか。男女のことが複雑であるのは、私も理解しています。私の母もよくふさぎこんでいて、その様子が、ちょうどいまのあなたのようでした。今度こそ誰かを見つけた——母はそう思って有頂天になり、その人が私の新しい父親になる、と話してくれました。最初の何回かは私も信じましたよ。でも、やがて今度もだめだろうと思うようになりました。でも、母は信じつづけ、落胆しつづけました。そして落ち込むたびに——たぶん、いまのあなたのように落ち込むたびに——母は何をしたと思います？　あなたのレコードをかけて、一緒に歌うんです。長い冬の間じゅう、小さなアパートにすわって膝を抱え込み、何かの入ったグラスを片手に、小声でレコードに合わせて歌うんです。ときどき——いまでも覚えていますよ、ガードナーさん——上の階の住人が天井を叩くんです。とくにアップテンポの曲でね。《ハイホープ》とか《ニューヨークの恋人たち》とか。そんなとき、私は母をじっと見ていました。母は雑音などまったく耳に入らないみたいに、あなたの歌に聞き入っていました。首で拍子をとり、歌詞に合わせて唇を動かしながら……。ガードナーさん、申し上げたいのは、落ち込んだ母はあなたの歌で慰められたということです。母だけでなく、同じような人はきっと何百万人もいたことでしょう。ですから、あなた自身もその一人になってなんの不思議もありません」言い終わって私は小声で笑った。元気づけのつもりの笑いだったが、意図したより大きな笑い声になった。

「今晩は任せてください、ガードナーさん。全力でやりますよ。オーケストラにも負けないほどに。まあ、見ていてください。奥様だって、聞いて気が変わるかもしれない。また昔に戻れるかもしれません。どんな夫婦にだって危機はあります」

ガードナーは微笑んだ。「君はいい人だ、ヤネク。今晩、協力してくれることに感謝するよ。さて、もう話している暇はない。リンディはいま部屋だ。電気がついている」

このパラッツォの前は少なくとも二回通り過ぎている。ビットーリオがなぜ同じところをぐるぐる漕ぎまわっていたのか、私にもようやくわかった。ガードナーは、三階のあの窓に明かりがつくのを待っていたのだ。前二回はまだ暗く、だからもう一まわりしてきたら、今度はついていた。シャッターも開いていて、ゴンドラから見上げると、黒い木の梁《はり》を渡した天井の小さな一部が見えた。ガードナーがビットーリオに合図した。だが、ビットーリオは合図の前にもう漕ぐのをやめていて、ゴンドラはゆっくりと漂いながら窓の真下に寄っていった。

ガードナーが立ち上がった。ゴンドラが危険なほど揺れ、ビットーリオはバランスの回復にあたふたした。突っ立ったまま、ガードナーが「リンディ」と上に呼びかけた。だが、声が小さすぎた。もう一度「リンディ」と、今度は大きな声で呼びなおした。

手が現れてシャッターを外に押し広げ、狭いバルコニーに人影が出てきた。パラッツォの壁面の、私たちの頭より少し上の辺りに外灯がついていたが、その光は弱く、ガードナー夫人はただのシルエットにすぎない。だが、広場で会ったときと違い、晩餐のために髪を結い上げているのが見てとれた。

夫人はバルコニーの手すりから身を乗り出し、「あなたなの？」と言った。「誘拐されたんじゃないかって、ひどく心配しましたよ」

「ばかを言ってはいかんぞ、ハニー。こんな町で何が起こるものか。それに、メモがあったろう？」

「メモなど見ませんでしたよ、あなた」

「心配させまいと思ってメモを残しておいたんだ」

「メモって、どこに？　何と書いたんですの」

「何を書いたかは忘れた」ガードナーの口調にいらだちがあった。「普通のメモさ。タバコを買ってくるとか、そんなことだったと思う」

「で、いまそこでタバコを買っていらっしゃるわけ？」

「いや、ハニー。これは違う。君に歌を捧げようと思ってな」

「それは何かの冗談？」

「冗談ではないよ、ハニー。ここはベネチアだ。ベネチアではセレナーデを歌うものだ」そして本気を証明するように腕を回し、私とビットーリオを指し示した。

「ここだと、わたし寒いのよ、あなた」

ガードナーは大きく溜息をついた。「じゃ、部屋の中で聞いてくれ、ハニー。部屋に戻って、くつろいでいればいい。窓を開けておけば、ちゃんと聞こえるだろう」

しばらくの間、夫人は黙って夫を見下ろし、夫は何も言わず妻を見上げていた。やがて、夫人が部屋の中に姿を消した。自分から言い出したことなのに、ガードナーはがっかりしたように見えた。頭を垂れて、もう一つ溜息をついた。先へ進むことをためらっている――私はそう思い、そっと促《うなが》した。

「さあ、ガードナーさん、行きますよ。まずは《恋はフェニックス》から」

そして、入りの部分をそっと弾きはじめた。まだビートはきかせず、このまま歌に入っていってもいいし、このまま消えていってもいいという程度に弾いた。私はアメリカを意識し、アメリカを響かせようとした。路傍《ろぼう》のわびしいバーを思い、太く長いハイウェイを思った。そして、たぶん母のことを思った――部屋に入っていったとき、ソファーにすわって、レコードのジャケットを見つめていた母を。そのジャケットにはアメリカの道路の写真があり、アメリカ製の車にすわっている歌手がいた。たぶん、私は母にわかるように弾いたのだと思う。これがジャケットに描かれている世界からの曲です――そう母にわかるように。

まだ安定したリズムにたどりつかないうちに、ガードナーがいきなり歌いはじめた。ゴンドラの中に棒立ちになり、いまにもバランスを崩しそうな不安定な姿勢ながら、その声は私が覚えている昔のままだった。穏やかで、ささやくほどにハスキー。だが、びっしりと中身が詰まっている。目に見えないマイクがあって、そこから流れ出してくるようだ。歌声にはじれったさが籠《こ》もり、こんなふうに心の内をさらけ出すことには慣れていないというためらいの気配さえあった。すぐれたアメリカ人歌手はみなそうだ。偉大な歌手はみなそうやって歌う。

たくさんの旅と別れを詰め込み、私たちはその歌を歌いとおした。アメリカ人の男が女のもとを去っていく。歌詞から歌詞へ、町から町へ、女のことを思いながら去っていく。フェニックス、アルバカーキ、オクラホマ……長い長い道を車で去っていく。母には決してできなかった旅だ。そんなふうに過去を振り捨てていければ……と、たぶん、母も願ったと思う。悲しみを振り捨てていければ、と。

終わると同時に「よし、このまま次だ」とガードナーが言った。「《惚れっぽい私》に行くぞ」

ガードナーの伴奏をするのはこれが初めてで、私にはすべてが手探りだった。だが、何とかやりおおせたと思う。この歌にまつわるさきほどのエピソードを思い出し、私は何度も窓を見上げた。だが、窓からは夫人の気配が何も感じられなかった。動きも、音も、何もない。歌い終え、辺りがまた暗く静まり返った。どこか近くでシャッターを押し開ける音がした。もっとよく聞きたいという近所の人だろうか。だが、ガードナー夫人の窓には何も起こらなかった。

《ワン・フォー・マイ・ベイビー》は、ほとんどリズムらしいリズムもつけず、ゆっくりと歌い終えた。辺りにまた静寂が戻った。私たちはそのまましばらく窓を見上げていた。一分ほどもそうしていたとき、とうとう起こった。うっかり聞き逃すほどかすかながら、間違いようがない。部屋の中で夫人がすすり泣いていた。

「やりましたね、ガードナーさん」と私はささやいた。「奥様の心に届きました」

だが、ガードナーには喜ぶ様子がなかった。疲れたように首を横に振り、すわって、ビットーリオに合図した。「向こう側につけてくれ。そろそろ戻らねばなるまい」

ゴンドラが動きはじめたとき、なんとなくガードナーが私を避けているような感じがした。いましたことを恥じ、私と顔を合わせたくないというような気配があった。では、この計画全体が悪ふざけだったというのだろうか。思えば、いまやった三つはどれも夫人にとって辛い歌ばかりだったのではないか。私はギターを置き、黙り込んだ。たぶん、不機嫌そうにしていたかもしれない。

やがて、ずっと幅の広い運河に出た。とたんに向こうから水上タクシーがやってきて、忙しく通り過ぎていき、波でゴンドラを揺らした。すぐ目の前にガードナーのパラッツォの前面が見えた。ビットーリオがゴンドラを波止場へ導いているとき、私はガードナーに話しかけた。

「ガードナーさん、子供のころの私にとってあなたは特別な方でした。ですから、今夜はとても特別な夜です。ここでこのままお別れし、再び会うことがなかったら、私は残りの人生を頭を悩ませながら生きなければなりません。ですから、ガードナーさん、教えてください。奥様が泣いておられたのは幸せからですか。悲しみからですか」

薄暗い光の中で、ゴンドラの舳先にうずくまっているガードナーが見えた。きっと答えてはくれない、と私は思った。だが、ビットーリオがゴンドラをつないでいるとき、静かな声がした。

「ああやってわしが歌うのを聞いて喜んだと思う。だが、もちろん、悲しんでもいた。わしも同じだ。二十七年間というのは長い。今回の旅行のあと、わしらは別れる。これは夫婦として最後の旅だった」

「お気の毒です、ガードナーさん。二十七年間もつづいた結婚でも、やはり終わりになることはあるんですね。でも、少なくともこうやって別れられるんですから……。ベネチアの休日に、ゴンドラからのセレナーデ。別れる寸前まで仲よくいられる夫婦なんて、そう多いとも思えません」

「仲がよくて当然さ。わしらはまだ愛し合っているからな。だから、あいつは泣いた。わしを愛しているから。それに、わしもあれを愛している」

ビットーリオはもう波止場に上がっていたが、私はガードナーと薄暗がりの中にすわりつづけた。きっともっと話してくれるという期待があった。はたして、ガードナーがまた口を開いた。

「さっきも話したとおり、わしはリンディに一目惚れした。だが、向こうはどうだ？　わしを愛してくれたのか？　たぶん、愛などという言葉は心をよぎりもしなかったと思う。わしはスターであり、あいつにはそれがすべてだった。わしはあれの夢の到達点であり、かつて小さな食堂で練りに練っていた計画の成就した証《あかし》だ。わしを愛しているかいないかなど、問題にもならなかったろう。だがな、結婚生活が二十七年間もつづくと、おかしなことも起こる。多くの夫婦は愛し合うことから出発するが、やがて飽きがきて、最後には憎み合うようになる。だが、ときには逆のことも起こる。わしらの場合は二、三年かかった。少しずつ、リンディがわしを愛しはじめた。そんなことが起ころうとは、最初は信じられなかったが、やがてそうとしか思えなくなった。テーブルから立ち上がるとき、わしの肩先に触れる手。笑うわけなど何もないのに、部屋の向こうからわしに向けられる不思議な微笑。わけもなくふざけまわる姿……。あいつは自分でも驚いたろうよ。だが、実際にそれが起こった。五、六年もしたら、互いに何の気兼ねもなくなっていた。ともに相手を思いやり、気遣い合った。要するに、わしらは愛し合うようになっていた。いまも愛し合っている」

「ならばなぜ、ガードナーさん、なぜ別れようというのです」

ガードナーはまた溜息をついた。「共産圏に生まれた君にどう言ったらわかってもらえるか……。だが、今夜、君にはたいへん世話になった。だから、頑張って話してみよう。根本には、わしがかつてのようなビッグネームでないという事実がある。君は違うと言うだろうが、西側の国では、その現実からは目の逸《そ》らしようがない。わしはもう大物ではない。その現実を受け入れ、静かに消えいくこともできよう。そして、過去の栄光にすがって生きる。だが、受け入れを拒否し、まだ終わらん、と言うこともできる。つまり、カムバックだ。事実、同様の――いや、もっと絶望的な――境遇からカムバックした人間も少なくない。もちろん、容易なことではない。多くの犠牲を覚悟しなければならん。辛い決断もある。いまのあり方を変え、愛するものを捨てるという……」

「ガードナーさん、カムバックのために奥様と別れるというのですか？」

「カムバックに成功した連中を見てみろ。とくに、わしと同世代ながらしぶとく生き残っている連中を……。一人の例外もなく再婚している。二回、ときには三回もだ。全員、その腕に若い妻がぶら下がっている。わしとリンディでは物笑いの種だ。それにな、わしはもうある若い女に目をつけていて、向こうもわしに目をつけている。リンディにはもうわかっているさ。というか、わしなどよりずっと前から──たぶん、食堂でメグの話に耳を傾けていたころから──もうわかっている。わしらは話し合って、別々の道を歩むのが最善だと結論した」

「まだわかりません、ガードナーさん。あなたと奥様が生きてこられたこちらの世界だって、ほかとそんなに違うはずがありません。だからこそ、昔から歌いつづけてきたあなたの歌が、世界中の──私の故郷の──人の心に訴えかけるのではありませんか。その歌はどう言っています？　愛が冷めたのなら、悲しいですが二人は別れます。でも、互いに愛し合っているなら、永遠に一緒にいるのではありませんか。どの歌もそう言っています」

「君の言いたいことはわかるよ、ヤネク。君には厳しく響くかもしれない。それもわかっている。だが、これが現実なんだ。それにな、リンディにも同じことが言える。いま別れるのが、あれにとってもベストだ。まだ老いるという年ではない。君も見ただろう。あれはまだ美しい。まだ時間が残されているうちに出ていくのがいい。再び愛を見つけ、結婚できる間にな。手遅れになる前に出ていく必要がある」

ガードナーの次の言葉に面食らわなかったら、私はこれにどう応じていただろうか。ガードナーは「君の母上は……出ていけなかった人なんだな」と言った。

私はしばらく考え、「はい」と答えた。「はい、母は出ていきませんでした。出ていけませんでした。国の変化を見られませんでしたから」

「残念なことだ。きっと立派な母上だったろうと思う。君の言うとおり、お母上がわしの歌から多少の慰めを得てくれたのなら、わしはとても嬉しい。出ていく機会がなかったのは不幸だ。リンディにはそうなってほしくない。絶対に。わしはリンディに出ていってほしい」

ゴンドラが波に揺られ、波止場に柔らかくぶつかった。ビットーリオが小声で呼びかけ、手を伸ばした。数秒後、ガードナーが立ち上がり、波止場に上がった。私もギターを持ってつづいた（ビットーリオにただで送ってもらうつもりはなかった）。ガードナーが財布を取り出した。

支払われた金額に、ビットーリオは大満足だった。いつもの大げさな身振りで感謝し、お世辞を並べてから、ゴンドラに戻り、運河を漕ぎ下っていった。

私たちは、暗闇に消えていくゴンドラをしばらく見ていた。次の瞬間、ガードナーが分厚い札束を私の手に押しつけてきた。私は、今夜同行できたことが光栄であり、これは多すぎると断ったが、ガードナーは耳を貸さなかった。

「いいから」そう言って、顔の前で手を激しく左右に振った。さっさとすませたいという思いが見てとれた。すませたいのは支払いだけだったのか。それとも私との関わりか、今夜のことか、このベネチア旅行の全体か……。ガードナーはパラッツォの方向に二、三歩行きかけ、立ち止まって、振り向いた。遠くからかすかにテレビの音が聞こえていたが、それ以外は、私たちのいる小さな通りも運河も静まり返っていた。

「今夜の演奏はよかった。君はいいタッチをしている」

「ありがとうございます。あなたの歌もすばらしかったです、ガードナーさん。昔と変わりません」

「発つ前にもう一度、君と仲間の演奏を聞きに広場に寄るかもしれない」

「ぜひ、ガードナーさん」

だが、ガードナーには二度と会うことがなかった。数カ月後、秋のある日、ガードナー夫妻が離婚したことを聞いた。フロリアンのウェイターがどこかで読んだと言って、教えてくれた。聞きながら、あの晩の記憶がどっとよみがえってきて、あれこれ思い返しながら少し悲しい気持ちになった。ガードナーはちゃんとした男だったと思う。カムバックを果たそうと果たすまいと、私にはいつまでも偉大な歌手の一人だ。

降っても晴れても

Come Rain or Come Shine

　エミリもぼくもアメリカの古いブロードウェイソングが好きだった。向こうはどちらかといえばアップテンポの曲、たとえばアービング・バーリンの《チーク・トゥ・チーク》、コール・ポーターの《ビギン・ザ・ビギン》などがお気に入りで、対するぼくは《ヒアズ・ザット・レイニー・デイ》や《イット・ネバー・エンタード・マイ・マインド》のような甘くほろ苦いバラードが好き。傾向は多少違ったが、重なり合う部分は大きく、それより何より、あの時代に、イングランド南部の大学でこんなジャンルにうつつをぬかす仲間にめぐり合えたこと自体が奇蹟に近かった。いまどきの若者は雑食だ。この秋から大学生になるぼくの甥《おい》はいまアルゼンチンタンゴに夢中だが、同時にエディット・ピアフを聞くし、次から次へ現れるインディーズバンドも山ほど聞く。ぼくらの世代は違った。好みにあまりばらつきがなく、学生は大きく二つに分類できた。引きずるような衣に長髪のヒッピータイプはプログレッシブロックを聞き、きちんとツイードを着るタイプはクラシック一辺倒で、ほかをすべて騒音とみなしていた。たまにジャズ好きを言う学生もいたが、これはほとんどがクロスオーバージャズのことだ。見事に作られた歌に遠慮会釈なくアドリブを重ねていくたぐいで、原曲への敬意など微塵《みじん》もない。

だから、ブロードウェイやハリウッドのミュージカル音楽に夢中の学生がいると知ったときは嬉しかった。しかも女の子だ。ぼく同様、素直な解釈と繊細な歌唱を基準にスタンダードナンバーのLPを集めていた（当時の中古品店には、親の世代の処分したレコードがよく並んでいた）。サラ・ボーンやチェット・ベイカーがエミリの好み、ジュリー・ロンドンやペギー・リーがぼくの好み。ともに、シナトラやエラ・フィッツジェラルドはちょっと苦手だった。

入学して最初の年、エミリはキャンパスに住み、部屋にポータブルのレコードプレーヤを置いていた。大きな帽子ケースに似た箱で、表面が薄青色の模造皮革で覆われ、中にスピーカーが一個組み込まれていた。当時よく見かけたやつだ。蓋を開けるとターンテーブルが現れた。鳴る音はいまの基準で言えばお粗末だったが、ぼくらはその周りにすわり込んで、トラックからトラックへピックアップをそっと持ち上げては下ろし、何時間でもうっとりと聞きほれた。ある歌のいろいろなバージョンを聞き比べて、歌詞のあれこれ、歌手による解釈のあれこれについて議論することを楽しんだ。ここはこんなに皮肉っぽく歌うところなのか？　《わが心のジョージア》って、女の名前とアメリカの州名とどっちとして歌ったほうがいいのかしら？　ハッピーな言葉の並ぶ歌詞が、解釈ひとつで胸の張り裂けるような歌唱に変わるとき——たとえばレイ・チャールズの《降っても晴れても》のようなレコーディングに出会うとき——ぼくらは最高に幸せだった。

そういうレコードに傾けるエミリの愛情の深さは、誰の目にも明らかだった。だが、そのエミリが、ときに、仰々しいだけのロックバンドや薄っぺらなカリフォルニアのシンガーソングライターを他の学生と話題にしていることがあって、そんな場に行き合わせるたび、ぼくはぎょっとした。ガーシュインやハロルド・アーレンについて話すときと同じ熱っぽさで、コンセプトアルバムなるものを語っていることもあり、ぼくはいらだち、見せまいと唇を噛んだ。

当時のエミリはスリムで美しかった。あんなに早くチャーリーに決めてしまわなければ、きっと大勢の学生に言い寄られていただろう。だが、思わせぶりで男の気を引くような人ではなかったから、相手がチャーリーと早々と決まってしまうと、ほかの求愛者はさっと退いていった。

「チャーリーをキープしている理由はそれよ」と、一度、エミリが真顔で言った。だが、ぼくがショックを受けたのを見て吹き出した。「冗談よ、ばかね。チャーリーはわたしのダーリン。愛しい愛しいダーリン……」

チャーリーは、大学でのぼくの一番の親友だった。最初の年は四六時中つるんでいる感じで、エミリともチャーリーを介して知り合った。二年目になると、チャーリーとエミリは共同で町に家を借りて住むようになった。その家にはぼくもよく通ったが、一年目のようにレコードプレーヤをはさんでエミリと音楽談義を交わすことはできなくなっていた。なにしろ、家を訪れるといつも何人かの学生が来ていて、あちこちにすわって談笑しているし、高級なステレオシステムが鎮座し、そこから大音響のロックが流れていて、何を話すにも怒鳴り合わなければならなかった。

大学以後もチャーリーとの付き合いはつづいた。昔ほど頻繁に会えるわけではなかったが、それは主として距離の問題だ。ぼくはここスペインのほか、イタリアやポルトガルでもしばらく暮らしてきた。一方、チャーリーはずっとロンドンから動かない。こんなことを言うと、まるでぼくが世界をまたにかけるやり手で、チャーリーが出不精のように聞こえるが、事実はまるで逆だからおかしい。チャーリーはテキサスやら東京やらニューヨークやら、いつも世界中を飛び回って、精力的に会議をこなしている。ぼくは千年一日のごとく、じめじめしたビルの一室でスペリングのテストをし、決まりきったのろのろ会話を繰り返している。ぼくの、名前は、レイです。あなたの、お名前は？　お子さんは、いますか？

大学を出て英語を教えはじめたころは、悪くない生活に思えた。大学生活の延長のような感じだったし、ヨーロッパ中にぞくぞくと語学学校ができはじめた時期でもあった。教えることは確かに退屈で、低賃金・長時間労働は搾取《さくしゅ》的でもあったが、ぼくはまだ若く、あまり気にならなかった。バーで費やす時間もたっぷりあったし、友達はすぐに作れたし、地球全体を覆う大きなネットワークの一部であるという実感もあった。ペルーだのタイだの、エキゾチックな国で教えてきた人々と出会うたび、ぼくだって望めば永久に世界中を移動しつづけられると思った。どんな辺境の地にもコネがあって、簡単に仕事が見つかる。旅する教師団という居心地のいい拡大家族の一員として、グラスを傾けながらなんでも語り合える――かつての同僚のこと、精神異常ぎみの語学学校経営者のこと、ブリティッシュカウンシルに巣食う変人職員のこと……なんでも。

八〇年代後半には、日本で教えれば大金が稼げるという噂があって、ぼくも行くことを本気で考えた。だが、実現しなかった。ブラジルもいいと思い、かの国の文化について何冊か本を読み、応募書類を取り寄せてみた。だが、あまり遠くに行く運命には生まれついていなかったようだ。結局、南イタリアで教え、ほんの短い期間だったがポルトガルでも教え、またスペインに戻ってきた。いつの間にか四十七歳になっていた。かつての同僚はとうの昔に新しい世代に取って代わられ、若い教師たちはぼくらと違うことを話題にし、違うドラッグをやり、違う音楽を聞いていた。

その間、チャーリーとエミリは結婚し、ロンドンに落ち着いた。子供が生まれたら名付け親になってくれよ、とチャーリーに言われていたが、これは実現しなかった。子供が生まれなかったのだからしかたがない。年からいって、たぶんもう無理だろう。名付け親になれなかったのは、正直、残念だし、思うたびに少し裏切られたような気持ちになる。たぶん、イギリスとスペインに別れていても、子の名付け親になることで、二人との間に正式の――いかに頼りなくても――つながりができるような気がしていたのかもしれない。

ともあれ、今年の夏の初め、ぼくはロンドン行きの計画を立て、二人の家に泊めてもらうことにした。事前に了解をもらい、出発の二日前にも電話をして、「何の不都合もない」という返事をチャーリーからもらっていた。それまでの数カ月間、とても人生最高の時とは言いかねる時間を過ごしていたこともあって、ぼくはロンドンで二人にちやほやされ、のんびりできるものと信じて疑わなかった。

事実、あの晴れた日、最寄りの地下鉄駅から地上に出たぼくの頭にあったのは、前回の訪問以後〝ぼくの〟寝室にどんな改良が加えられているか、だけだった。これまでの訪問では、必ずといってよいほど何かがあった。あるときは部屋の隅にぴかぴかの電子機器が置かれていたし、あるときはフラット全体が改装されていた。そして、いつも――まるで至上命令のように――〝ぼくの〟部屋は高級ホテル並みにしつらえられていた。タオルが用意され、ベッドわきにはビスケットを詰めた缶が置かれ、化粧台には選りすぐりのCDが並んでいた。ある年は、チャーリーがぼくを部屋に案内し、何気ないふうを装ってあちこちのスイッチを入れたり切ったりした。すると、ヘッドボードの後ろやら衣装簞笥《だんす》の上やら、あちこちに巧みに隠されていたライトがついたり消えたりした。さらに別のスイッチを入れると、うなるような音とともに二つの窓にブラインドが下りてきた。

「チャーリー、なぜブラインドなど？」とぼくは言った。「目が覚めたら外を見たいんだ。カーテンで十分なのに」

チャーリーの説明は、「スイス製なんだ」の一言だけだった。

だが、今回は様子が違った。チャーリーは何やらぶつぶつとつぶやきながら、ぼくを先導して階段を上った。何かの言い訳をしているようだった。部屋に着くと、そこは見たこともない有様になっていた。ベッドは剝き出しだし、染みのあるマットレスが見当違いの方向を向いていた。床には雑誌やペーパーバックが散乱し、汚れた衣類の山があり、ホッケースティックが転がり、ラウドスピーカーが横倒しになっていた。ぼくは戸口で立ちすくみ、部屋を凝視した。チャーリーはとりあえずその辺のものを押しのけて、ぼくの荷物を置く隙間を作った。

「支配人を呼べ、とでも言いたげだな」とチャーリーが苦い口調で言った。

「い、いや……ただ、いつもとちょっと違うものだから……」

「散らかり放題だ、確かに」チャーリーはマットレスに腰を下ろして、溜息をついた。「掃除婦が片づけてくれてると思ったんだが、まだ来てないようだ。いったいなぜ来てない……」

チャーリーはひどく気落ちしたように見えたが、突然、勢いよく立ち上がった。

「よし、昼飯は外で食おう。エミリにはメモを残しておく。ゆっくり昼飯を食って戻れば、おまえの部屋の――いや、フラット全体も――掃除がすんでるだろう」

「でも、これ全部をエミリに任せるわけには……」

「自分でやるわけじゃない。掃除会社に連絡するだけだ。急がせ方にこつがあってな、エミリは達人だ。一方、おれは掃除会社の電話番号も知らん。さあ、飯だ。昼飯に行こう。三品料理にワインをボトルで。どうだ？」

四階建てテラスハウスの上二階がチャーリーのフラットだ。富裕層が住むわりに忙《せわ》しい通りに面していて、正面玄関から出ると、たちまち人込みと自動車の波に飲み込まれる感じになる。ぼくはチャーリーの後ろから、店やオフィスの前を通り過ぎて、しゃれた小さなイタリアンレストランに入った。予約はないのに、ウェイターが親しげにチャーリーに挨拶《あいさつ》し、テーブルに案内してくれた。店内は、スーツにネクタイ姿のビジネスマンらしい客で込み合っていた。一瞬ひるんだが、よく見ればチャーリーの身なりもぼくに負けず劣らずむさくるしい。ぼくのほっとした思いを読んだに違いない。すわりながらチャーリーがこう言った。

「大丈夫だ。ロンドン郊外の住人で通る。以前とは違うんだよ、レイ。長く国を離れていたおまえは知らんだろうが……」そしてぎょっとするほど大きな声で、「おれやおまえみたいなのが成功者に見えるんだ」と言った。「ここにいるほかの客はまさに中間管理職よ」そして身を乗り出し、声を落として、「話がある。おまえに頼みたいことがある」とつづけた。

チャーリーがぼくに頼みごと？　いつ以来だろう。ぼくは平静を装い、軽くうなずいて待った。チャーリーはしばらくメニューをいじっていたが、やがてそれをテーブルに伏せた。

「実はな、このところエミリとの間がごたごたしてるんだ……というか、最近は互いに避け合ってる状態だ。あいつがおまえを出迎えなかったのも、それが原因よ。言いにくいんだがな、いまのところ、おまえはおれとエミリのどちらかとしか会えない。一人二役の芝居に似てるかな。おれとエミリの両方に同じ場所で同時に会うことはできん。いい年して、まるで餓鬼《がき》みたいだろ？」

「来るタイミングが悪かったみたいだね。昼食がすんだら、ぼくはほかへ行くよ。フィンチリーのケイティおばさんのところに泊めてもらう」

「何を言ってるんだ。おれの言うことを聞いてなかったのか？　頼みたいことがある。いまそう言ったはずだ」

「頼みごとって、だから、それなのかと……」

「ばかか、出ていくのはおれのほうなんだ。フランクフルトで会議があってな、今日の午後に発たなくちゃならん。帰るのは二日後だ。遅くても木曜日には帰る。それまで、おまえにはここに泊まってもらいたい。おまえがとりなして、波風を静めてもらえるとありがたい。そこへおれが帰ってきて、愛しいワイフに明るくただいまのキスをする。で、この二カ月間などなかったみたいにやり直す」

　ウェイトレスが注文をとりにきて、話が中断した。だが、ウェイトレスが去っても、チャーリーはさきほどの話題に戻らず、代わりにぼくのスペイン暮らしについてあれこれ尋ねてきた。そして、ぼくが何か答えるたび、それがいいことであれ悪いことであれ、面白くもなさそうな笑いを浮かべて、予想どおり最悪の事態だと言わんばかりに首を横に振った。ある問いかけに、ぼくは料理の腕前の上達ぶりを話そうとした。クリスマスの立食パーティで、生徒と教師四十人以上の料理をほとんど独りで準備したんだよ……。だが、チャーリーが途中でさえぎった。

「おい、レイ。聞けば聞くほど、おまえの状況は絶望的だな。辞職願いを出せよ。いや、まず新しい仕事を用意してからだ。その鬱《うつ》のポルトガル人な、そいつを利用しろ。マドリードに仕事を確保してから、アパートを引き払うんだ。進め方はこうだ。まず……」

　そして片手を上げ、指を一本ずつ押さえながら指示を与えはじめた。指がまだ二本ほど残っているときに料理が来たが、チャーリーはそれを無視し、しゃべりつづけた。

そして、ようやく食べはじめてから、今度はこう言った。

「おまえはきっとどれもやらない。だろ？」

「いや、やるよ。どれももっともだと思う」

「おまえはスペインに帰り、いままでどおり暮らしつづける。そして一年後、またここに来て同じことを嘆く。おれにはわかる」

「ぼくは嘆いてなど……」

「なあ、レイ。他人が口出しできることなんて限られてる。おまえの人生だ。あるところからは自分の意思で乗り越えなくちゃならん」

「うん、やるよ。約束する。それより、さっき君が言っていた頼みごとってのは？」

「ああ、そうだった」チャーリーは口の中のものを嚙みながら、何やら思案顔になった。「正直に言うとな、おまえに来てもらった真の理由はそれだ。もちろん、また会えて嬉しいとか、そういうことは当然あるが、今回はおまえにどうしてもあることを頼みたい。何と言っても一番古い友達だし、生涯の親友だからな……」

　そう言って、唐突にまた食べはじめたが、よく見ると、声もなくすすり泣いていた。ぼくは仰天した。テーブル越しに手を伸ばし、肩をつついてみたが、チャーリーは目も上げず、パスタを口に放り込みつづけた。そんな状態が一分ほどもつづいたろうか。

ぼくはもう一度手を伸ばしてつついてみたが、最初のときと同じで反応がなかった。そのときウェイトレスが現れ、にこやかな顔で料理はどうかと尋ねた。どれもこれもすばらしい、とぼくらは答え、ウェイトレスは去った。チャーリーの気分が少し回復した。

「よし、レイ、聞いてくれ。頼みごとってのはいたって簡単だ。これから二、三日、エミリのそばにいてやってほしい。愉快な客人であってくれ。それだけだ。おれが帰ってくるまで、頼む」

「それだけ？　君の留守中、エミリの面倒を見ていればいいのかい」

「そうだ。というより、おまえは客なんだから、エミリに面倒を見させればいい。おれもいろいろと手配はしておいた。劇場の切符とかな。遅くとも木曜日には帰ってくるから、それまでにエミリの気分をほぐして、上機嫌にしておいてほしい。そこへおれが帰ってくる。〝ただいま〟と言って抱きしめる。あいつは〝お帰りなさい、ダーリン。向こうはどうだった？〟と言って、おれを抱きしめ返す。それで仲直りだ。以前のおれたちに戻る。このごたごたが起こる前のおれたちにな。おまえには仲立ちを頼みたいんだ。きわめて簡単だろ？」

「できるだけのことはするよ」とぼくは言った。「でも、チャーリー、エミリはいったい客をもてなす気分になどなれるのかな。これは夫婦の危機なんだろう？　エミリだって君に劣らず動揺しているはずだ。そんなときになぜぼくを招く気になったのか、正直、よく理解できないよ」

「理解できない？　何を言ってるんだ。おまえが一番の友達だからじゃないか。そりゃ、確かにな、おれには友達が多い。だが、こういうことになると、どう考えたって、頼めるのはおまえしかいない」

白状すると、ぼくはこの言葉に感激した。だが、それはそれとして、どこか妙なところがあるとも感じていた。チャーリーは何か隠している、と思った。

「君たち二人がそろっているなら、ぼくを招待しようと思うのもわかる」と、ぼくは言った。「それなら、ぼくも役に立つかもしれない。互いに口をきかないほど気まずい二人でも、そこへ客が来れば多少は気分転換になるだろうし、どちらも態度に気をつけて、事態が改善に向かうかもしれない。でも、今回はあてはまらない。君がここにいないんだから」

「いいから……おれの頼みだ、レイ。うまくいくかもしれない。おまえがいると、エミリはいつも元気になる」

「ぼくがいると元気になる？　なあ、チャーリー、ぼくは力になりたい。でも、何か勘違いしているんじゃないか。正直、ぼくの印象だと、エミリはぼくがいても全然元気にならない。気苦労の種など何もないときでもだ。ここ何回かの経験だと、むしろ……ぼくのそばではいらつく感じすらある」

「頼む、レイ。おれを信じろ。確信があってのことだ」

フラットに戻ると、エミリが帰っていた。そのあまりの老けように、ぼくはぎょっとした。前回会ったときよりかなり太っていたこともあるが、それだけではない。かつては何もしなくても自然な気品のあった顔が、いまは明らかにブルドッグに似てきて、口元が不機嫌そうに歪《ゆが》んでいる。居間のソファーにすわって、《フィナンシャルタイムズ》を読んでいた。ぼくが入ってくるのを見て、むっつりしたまま立ち上がった。

「お久しぶり、レイモンド」そう言って、ぼくの頬にちょっとキスをし、またすわった。その一連のしぐさに、ぼくはこんな悪い時期に押しかけてすまないと謝らずにいられない気分になったが、その前にエミリがソファーの自分の横を叩いて、「すわって、レイモンド」と言った。「ここにすわって、わたしの質問に答えてちょうだい。これまで何をしてきたか全部話してもらうわよ」

ぼくがすわると、レストランでチャーリーがやったように、エミリはあれやこれや尋ねはじめた。その間、チャーリーは旅行のための荷造りにかかっていて、必要なものをそろえに部屋を出たり入ったりしていた。見ていると、二人は確かに目を合わせない。だが、チャーリーが一人二役の芝居にたとえて言ったこととは違い、どちらも同じ部屋にいて、とくに不愉快そうではなかった。言葉を直接かけ合うことこそなかったが、ぼくとエミリが話していると、そこにチャーリーも割り込み、いわばワンクッションおく形で会話をしていた。たとえば、家賃負担の軽減のためルームメイトを見つけたいのは山々ながら、なぜそれが難しいのかをエミリに説明していると、チャーリーがキッチンから怒鳴った。

「レイのアパートは二人用にできてないんだよ。一人用だ。ただ、レイの給料よりちっとばかり金のある人間の一人用なのさ」

エミリはこれには何も言わなかったが、次に口を開いたときは、当然のようにその情報を前提にしていた。「レイモンド、そんなアパートを選んでちゃだめじゃない」

こんな会話が少なくともさらに二十分間はつづき、チャーリーは階段を上り下りしながら、あるいはキッチンを通り抜けながら、話に加わりつづけた。だいたいはぼくを三人称で呼びながら、何かをコメントした。突然、エミリがこんなことを言った。

「まったく、レイモンドったら……。あくどい語学学校にはいいようにこき使われるし、強欲な大家にはいいようにぼられるし、その上、なんですって？　どこかの女につきまとわれている？　酒代をひねりだせるほどの仕事もないくせに酒が手放せないばか女に？　レイモンド、あなた、自分のことを少しでも心配してくれる周りを、わざと怒らせようとしているんじゃないでしょうね」

「ま、そういう人種が生き延びる確率は低いな」廊下からチャーリーの大声が響いてきた。居間のすぐ外までスーツケースを引いてきたことが音からわかった。「若者でなくなって十年くらいまでならまだ許せる。だがな、もう五十になろうって男が、まだ若者みたいにふるまうとなると……」

「ぼくはまだ四十七だよ」

「まだ四十七ってどういう意味よ？」ぼくがすぐ横にすわっているのに、エミリの声は不必要に大きかった。「まだ四十七……その〝まだ〟ってのが問題。それがあなたの人生をめちゃくちゃにしているのよ、レイモンド。それと〝ただ〟ね。まだ四十七、ただベストを尽くしているだけ。そのうち、まだ六十七になって、ただ雨露《あめつゆ》をしのぐために必死でやっているだけ、になる」

「いい加減、しゃんとしないとな」とチャーリーが階段の上から怒鳴った。「ずり落ちたソックスを、またぐらまで引っ張り上げないといかん」

「レイモンド、あなた、自分が何者か考えてみたことがないの？」とエミリが言った。「能力はあるのに、恥ずかしくない？　あなたの暮らしぶりなんて、はたで見ているわたしたちのほうがいらいらするわよ。ああ腹が立つ」

チャーリーがレーンコート姿で戸口に現れた。しばらくの間、二人はそれぞれに違うことを――だが、同時に――ぼくに向かって叫びちらした。やがてもううんざりという感じで、チャーリーが「じゃ、行く」と言い、廊下に姿を消した。

チャーリーが出ていくと、エミリの痛罵《つうば》もやんだ。ぼくはこのチャンスに立ち上がり、「ちょっとごめん」と言った。「チャーリーの荷物運びを手伝ってくるから」

「手伝いなんかいらんぞ」とチャーリーが玄関から怒鳴った。「荷物は一つしかないんだ」

だが、後ろからついてくるぼくをとくに止めようとはせず、通りに出ると、ぼくの足元にスーツケースを置いて、タクシーを呼ぶために歩道の縁に立った。近くには一台も見当たらず、チャーリーは片腕を半ば上げたまま、心配そうに身を乗り出した。

ぼくは背後から近づき、「チャーリー」と呼んだ。「うまくいくとは思えないよ」

「何が？」

「エミリは絶対にぼくを嫌っている。数分間いるだけでそうなのに、三日も一緒にいたらどうなると思う。帰宅する君を平和と光明が出迎えるはずがないだろう」

そう言いながら、ぼくはふとあることに思い当たり、黙り込んだ。チャーリーはその変化に気づき、振り返ってじっとぼくを見つめた。

「そうか……」と、ぼくは言った。「なぜぼくなのか、わかったような気がする」

「むむ、ついにレイにも理解がきざしたのか！」

「うん、たぶん」

「だが、だからどうした。同じさ。おれが頼みたいことはまったく変わらない」チャーリーの目にまた涙が見えた。「覚えてるか、レイ。エミリは昔からおれの可能性を信じると言ってた。何年も何年も言いつづけた。あなたを信じているわ、チャーリー。あなたは頂上まで行ける人。あなたには才能があるもの……。ほんの三、四年前までそう言いつづけた。これがいかに辛かったか、おまえにわかるか？　世間的にはおれは立派にやってたし、いまもやってる。世間的には何の問題もない。だが、エミリは……おれが運命づけられてると思ってた。どんなふうに？　さあ、おれにはわからん。世界のトップってとこか。おれは並みの人間で、それなりにちゃんとやってる。だが、エミリはそうは思わん。それが問題の根っこにある。あれもこれもめちゃめちゃになった原因だ」

チャーリーは何やら考え込み、歩道をゆっくりと歩きはじめた。ぼくは慌ててスーツケースをとりに戻り、キャスター付きのそれを引っ張って後につづいた。通りにはまだ人が多く、スーツケースを歩行者にぶつけずに跡を追うのはたいへんだったが、チャーリーはぼくの苦労などおかまいなしに、同じ歩調で歩きつづけた。

「おれが自分を見限ってると思い込んでる」とチャーリーは言った。「見限ってなんかいない。ちゃんとやってるんだ。若いころなら、果てしない地平線だけ見つめつづけるのもいいだろう。だが、この年になったら、もっと広く周囲を見ることも必要じゃないか。エミリの期待が堪えがたくなるたび、おれはそう思った。もっと広く見渡せ――エミリに必要なのはそれだ。おれはちゃんとやってる。ほかの連中を見てみろ。昔の仲間はどうだ。たとえば、レイは？　あいつのどうしようもない人生を見てみろ――エミリにはそういうことをわかってほしい」

「で、ぼくを呼んだわけか。目の前に置いて比較させるために」

チャーリーはようやく立ち止まり、ぼくと目を合わせた。「誤解するな、レイ。おまえが人生の敗残者なんて言っちゃいない。薬物中毒でも殺人者でもないのはわかってる。だが、おれと比べたら――正直に言うぞ――おまえはとくに成功者とは言えんだろ？　だから、おれのために頼む。おれたち夫婦の間はもうぎりぎりのところに来てる。おれは必死なんだ。助けてくれ。それに、別に難しいことを頼んでるわけじゃない。いつものおまえでいてくれればいいんだ。それ以上でも、それ以下でもない。おれのためにやってくれ、レイ――おれとエミリのために。エミリとはまだ完全には終わってない。絶対違う。おれが戻るまでの数日間、普段のおまえでいてくれ。そのくらい、いいだろ？」

ぼくは大きく息を吸い、「わかった」と言った。「それが役に立つというなら、やるよ。でも、いずれエミリには見抜かれるんじゃないのか」

「なぜ？　おれが大事な会議でフランクフルトに行くのは事実なんだし、エミリにしてみたら、遠来の客を独りでもてなすだけのことだ。あれは人をもてなすのが好きだし、おまえのことも好きだ。おっ、来た」チャーリーは必死に手を振り、タクシーがこちらに来るのを見て、ぼくの腕をつかんだ。「ありがとう、レイ。おまえならうまくやってくれる。絶対だ」

フラットに戻ると、エミリの態度が百八十度変わっていた。まるで高齢で病弱な親戚を預かりでもしたかのように、ぼくを優しく温かく迎え入れてくれた。励ますように笑いかけ、優しく腕をとった。お茶でもどうかと言い、ぼくがうなずくと、キッチンに連れていき、テーブルにつかせて、数秒間、じっと立ったまま心配そうな表情でぼくをながめていた。そして、そっとこう言った。

「さっきはきついことを言ってごめんなさいね、レイモンド。あんなふうに言う権利、わたしにはなかったわ」そして背を向け、お茶の用意をしながらつづけた。「大学で一緒だったなんてもう大昔のことなのに、つい忘れてしまう。ほかの友達にはあんな口調で話すことなんてないのよ。でも、相手があなただと……あなたを見ていると……たぶん、当時に――当時のわたしたちに――戻ったみたいな気になるんだと思う。大昔だったことを忘れてしまう。だから、気にしないで」

「そんな……気になんかしていないよ」とぼくは言った。だが、いまチャーリーと交わしたばかりの会話が心にあったから、エミリには上の空でいるように見えたのだと思う。誤解したらしく、声がいっそう優しくなった。

「気持ちを乱してごめんなさい」そう謝って、ぼくの前にそっとビスケットを並べた――丁寧に、何列にも。「昔はね、レイモンド、昔はあなたに何でも言いたい放題だった。何を言っても、あなたはただ笑ってすませてくれたから。だからわたしたちも笑って、何でもただのジョークになった。あなたがいまでも昔のままだと思い込むなんて、わたしはばかね」

「いや、実際、ぼくは昔のままなんだよ。何とも思わないさ」

「あなたがこれほど変わったなんて思いもよらなかった」とエミリはつづけた。ぼくの言うことを聞いていなかったらしい。「そんなに追い詰められているなんて」

「あの、エミリ、ぼくは決して……」

「あなたは時代に置き去りにされてしまったんだわ。いま断崖絶壁に立っていて、ほんの一押しでひび割れてしまいそう」

「落ちる、だろう？」

エミリはやかんを手にしていたが、急に振り向いて、またぼくを見つめた。「やめてよ、レイモンド。間違ってもそんなことを言わないで。あなたがそんなことを言うのを聞きたくない」

「誤解しないでくれよ。君がひび割れると言ったから、断崖絶壁にいるなら落ちるだろう、と。ひび割れるじゃなくてさ」

ぼくが何を言いたかったか、エミリにはまだわからない。「かわいそうに」と言った。「いまのあなたは昔のレイモンドの抜け殻《がら》なのね」

今度は何も言わずにおくことにした。そして数分間、二人で静かに湯が沸くのを待った。エミリはカップを一つ取り出し、ぼくの前に置いた。自分のカップはない。一緒に飲むつもりはないらしい。

「申し訳ないんだけどね、レイ、わたしはオフィスに戻らないといけないの。どうしても抜けられない会議が二つあって。あなたがこんなだとわかっていたら、なんとか行かずにすむよう手を打てたんだけど、知らなかったから……どうしても出席しないと。かわいそうな、レイモンド。独りで大丈夫？」

「ぼくなら平気だよ。ほんとうにさ。こういうのはどう？　君が出かけている間に、ぼくが夕食の支度をするってのは？　信じられないかもしれないけど、最近、料理の腕がすごく上がってね、クリスマス前の立食パーティじゃ……」

「あなたは優しいのね。ありがとう。でも気持ちだけで十分。いまはただ休んで。それが一番いいと思う。慣れないキッチンじゃ、ストレスが溜まるだけだもの。だから、ゆっくりくつろいだらいいわ。ハーブを浮かべたお風呂にでも入って、音楽を聞いて。ね？　夕食は、帰ってきてからわたしがやるから」

「でも、一日中オフィスで働いて、それから食事の心配じゃ、たいへんだ」

「いいのよ、レイ。あなたはのんびりしてて」エミリは名刺を取り出してテーブルに置いた。「ここに直通の電話番号が書いてあるから。あ、携帯の番号もね。さ、行かなくちゃ。いつでも電話してちょうだい。わたしの留守中、ストレスが溜まるようなことは一切だめよ。いいわね」

このところ、ぼくは自分のアパートでのんびりすることがなかなかできなくなっている。家に独りでいると、なんだか落ち着かない。本来ならどこかほかにいて重要な出会いがあるはずなのに、それを逃しているような気分になる。だが、他人の家なら話は別だ。独りでいると、心の底から安らぎが湧いてきて、ぼくを包み込む。近くに本でも転がっていれば、それを手にして、慣れないソファーに埋もれるのがたまらなくいい。だから、このときもエミリが出ていくのを待って、そうすることにした。『マンスフィールド・パーク』を開き、二章ほど読んだところで眠くなって、うとうととした。二十分ほども眠ったろうか。

目が覚めると、午後の太陽がフラットに射し込んでいた。ぼくはソファーから起き上がり、室内探検を始めた。チャーリーと昼食をとっている間に、確かに掃除婦が来たのかもしれない。それともエミリが自分で片づけたのだろうか。大きな居間は塵《ちり》一つないほどきれいになっていた。単に整理整頓されているというだけではない。モダンなデザイナー家具に芸術的なオブジェの数々——なかなかしゃれたインテリアだ。

まあ、意地の悪い人なら、狙いがあからさますぎると言うかもしれない。ぼくは並んでいる本をざっと眺め、CDコレクションを眺めた。ほとんどがロックやクラシックだ。だが、しばらく探し回るうち、物陰にひっそりとフレッド・アステアとチェット・ベイカーとサラ・ボーンが隠れているのを発見した。あの大切なレコードコレクションはどうしたのだろう。あれを全部CDで置き換えていたら、もっとあっていいはずだが……。そんなことをちらと思ったが、とくに深くは考えず、ぶらぶらと居間からキッチンに移動した。

あちこちの戸棚を開け、ビスケットかチョコレートバーがないか探しているうち、キッチンテーブルの上に小さなノートらしきものがあるのが目にとまった。クッションのある紫色のカバーがついていて、このモダンでミニマリスト的なキッチンでは浮いて見える。出かけるとき、エミリが慌てていたのを思い出した。お茶を飲むぼくの目の前で、このテーブルにバッグの中身を空け、また詰め直していた。きっとあのとき入れ忘れたのだろう。そう思いつつ、次の瞬間には別の考えが浮かんだ。この紫色のノートはエミリの秘密の日記帳で、ぼくに覗き見させるためにわざと置いていったのではなかろうか。理由はわからないが、自分の口からは明かせない何かがあり、心の内の動揺をぼくにも理解してほしくて、こういう方法に訴えたのではなかろうか。

ぼくはノートを見つめながら、しばらくじっと立っていた。次に手を伸ばし、人差し指をノートの中ほどのページに差し込んで、そっと持ち上げてみた。エミリの手で文字がぎっしり書き込まれているのが見え、ぼくは慌てて指を引き抜くと、テーブルから離れた。理性の曇った一瞬にエミリが何を考えたにせよ、ぼくが鼻を突っ込む問題ではない、と自分に言い聞かせた。

居間に戻ってソファーにすわり、また『マンスフィールド・パーク』を何ページか読んだ。だが、頭の中であの紫色のノートがちらつき、とても本に集中できない。あれがエミリの衝動的な行動でなかったらどうだろう。何日間も考えたうえでのことだったら？　ぼくに読ませようとわざわざ何かを書いていたら……？

十分後、ぼくはキッチンに戻り、またしばらく紫色のノートを見つめた。そして、さっきお茶を飲んでいた場所にすわり、ノートを引っ張り寄せて、開いてみた。

秘密の日記帳でないことはすぐにわかった。エミリが心の奥の思いを何かに書きつけているとしたら、それはどこか別の場所にある。目の前にあるものは、せいぜいが立派すぎる備忘録といったところだ。日ごとにいろいろなメモが走り書きしてあって、野心丸見えの項目も散見される。ある日の欄には、太いフェルトペンで「マチルダへの電話――まだなら。していけない理由ある??　やりなさい!!」とあった。

別の欄には、「フィリップ・ロスはクソ。さっさと読んでマリオンに返せ！」とある。

ページを繰っていくと、「レイモンド月曜日来訪。嫌だ、嫌だ」とあり、さらに二、三ページめくると、「レイは明日。どう生き延びる？」とあった。

そして、今朝書かれたばかりのメモの中に、雑多な用事に隠れるように「ぐちぐち王子にワインを」とあるのを見つけた。

ぐちぐち王子……？　これは自分のことだと受け止めるまでに少し時間がかかった。まずあらゆる可能性を探ってみた。顧客か？　出入りの配管工か？　だが、最後には、日付と前後の脈絡から、ぼく以外に該当者はいそうにないことを認めざるをえなかった。突然、エミリにそんな呼び方をされることの不当さが、思いがけない力でぼくを打った。何をしているか自分でも気づかないうちに、その不愉快なページを手で握り締めていた。

特別に激しい動作ではなかった。引きちぎったわけではない。ただそのページを手に持ったまま拳《こぶし》に握っただけだ。すぐに自制心を取り戻したが、もちろん、もう遅すぎた。手を開くと、問題のページだけでなく、その下の二ページがぼくの怒りの犠牲になっていた。ぼくは皺《しわ》になったページをもとどおり平らに延ばそうとしたが、手を放すと、それはたちまちまた皺々の状態に戻ってしまう。まるで丸めた紙屑になりたいという強い願望でもあるかのようだ。

それでも、かなりの間、ぼくは悪戦苦闘をつづけた。パニックになっていたのだと思う。皺になったページを、アイロンでもかけるように手で延ばしつづけた。だが、無駄だ。やってしまったことは隠しようがない。ようやくその現実を受け入れかけたとき、フラットのどこかで電話が鳴っているのに気がついた。

ぼくは無視することに決め、自分のしたことの結果とその意味するところを考え抜こうとした。だが、留守番電話が作動し、伝言を残そうとするチャーリーの声が聞こえてきた。ぼくにはそれが命綱のように聞こえたのかもしれない。あるいは誰かに打ち明けたかっただけかもしれない。ぼくは大急ぎで居間に駆け込んで、ガラス製のコーヒーテーブルから受話器を取り上げた。

「ああ、いたのか」とチャーリーの声が言った。伝言を中断され、機嫌が悪そうだった。

「チャーリー、聞いてくれ。すごくばかなことをやってしまった」

「いま空港なんだ」とチャーリーは言った。「飛行機が遅れてる。迎えの車を頼んであるんで、フランクフルトの配車サービスに電話したいんだが、向こうの電話番号がわからん。おまえに読み上げてもらおうと思ってな」

そして、電話帳がどこにあるかを言いはじめた。だが、ぼくはそれをさえぎり、繰り返した。

「すごくばかなことをやってしまって、どうしたらいいかわからない」

数秒間、沈黙があったのち、「おまえ、疑ってるんじゃないか」とチャーリーが言った。「たぶん、誰か女がいると思ってるんだろう、レイ？　これからその女に会いにいくんだ、って。えっ？　どうもそんなふうに思ってるんじゃないかという気がする。そうなら、いろいろと辻褄《つじつま》が合うものな。おれが出かけるときのエミリの様子とかさ。だが、それは違うぞ」

「わかってる。でも、聞いて。ちょっと話しておかなくちゃならないことがあるんだ」

「認めろ、レイ。間違いだ。おれに女なんていない。これからフランクフルトに行って、ポーランドの代理店を替える件で会議に出るんだ。行く先はフランクフルトだ」

「わかった、わかったよ」

「昔もいまも女はいない。ほかの女なんぞには目もくれんぞ……まあ、真剣にはな。ほんとだ。ほんとにほんとだ」

チャーリーはいま怒鳴っていたが、これは出発ロビーがうるさいせいかもしれない。突然、静かになった。また泣いているのだろうか。ぼくは耳を澄ましたが、電話口の向こうからは空港の騒音しか聞こえてこなかった。いきなりチャーリーが話しはじめた。

「おまえの思ってることがわかるぞ。そうか女はいないのか、だが男はどうだ――そう思ってるだろ？　認めろ。そう思ってるんだろ？　いいから、言えよ」

「まさか。君がゲイかもしれないなんて心をかすめたこともないよ。あのときでさえね――最終試験のあとさ、君が泥酔して、まるで……」

「黙れ、このばか。そうじゃない。男ってのは、エミリの男って意味だ。エミリに愛人がいるのか――それを言おうとしてたんだ。答えは、おれの見るところノーだ。ノー。いない。これだけ一緒に暮らしてたら、おれにだってエミリのやることや考えることくらいわかる。だが、わかりすぎるのも問題でな、エミリの考えが傾きはじめてることもわかるんだ。そうだ、レイ。あいつはほかの男に目を向けはじめてる。デビッド・コーリーみたいな野郎にな」

「誰？」

「デビッド・コーリー。口の達者な弁護士だ。その道の成功者ではある。どれほど成功してるか？　知らいでか。むかつくほど詳しくエミリが話してくれるんだから」

「二人は会っている……と思うのかい」

「会ってない。いま言っただろうが。まだ何もないんだ。それに、デビッド・コーリーならエミリなんぞに目もくれない。あいつは結婚してて、奥さんはコンデナストのすごい美人編集者だ」

「じゃ、よかったじゃないか」

「よくない。マイクル・アディソンがいる。ロジャー・バンデンバーグもいる。こいつはメリルリンチの成長株で、毎年、世界経済フォーラムに出席する」

「チャーリー、頼むから聞いて。問題があるんだよ。確かに小さな問題だろうけど、問題は問題なんだ。頼むから、黙って聞いて」

　そして、ぼくは何が起こったかをようやく伝えた。すべてをできるだけ正直に話したつもりだが、まあ、エミリがぼくに秘密のメッセージを残したのでは、と思った辺りは、少し濁《にご》したかもしれない。

「ばかなことをしたと思う」ぼくは最後にそう付け加えた。「ただ、これ見よがしに置いてあったんだ。キッチンテーブルの真ん中にさ」

「ふむ」チャーリーのずっと落ち着いた声がした。「確かにな。そいつは面倒なことになった」

　チャーリーは笑い、つられてぼくも笑った。

「大げさに騒ぎすぎたかな」とぼくは言った。「結局、エミリの秘密の日記帳なんてものじゃなくて、ただのメモ帳だもの……」チャーリーの笑い声はつづき、どこかヒステリーじみた感じさえあって、ぼくはしだいに小声になっていった。突然、笑いがやみ、チャーリーがぴしゃりと言った。

「エミリが知ったら、おまえは金玉鋸《のこぎり》挽きの刑だ」

　また空港の騒音がひとしきり聞こえたあと、チャーリーの声がつづいた。

「六年くらい前、おれもそのノート……だか、もっと古いやつだか……を開けちまったことがある。ほんとに偶然にな。おれはキッチンテーブルの前にすわってて、あいつは何かの料理をしてた。そのとき、何かしゃべりながら、何の気なしにめくっちまった。そういうことはあるよな？　あいつは目ざとく見つけて、不愉快だと言った。不愉快どころか、おれを金玉鋸挽きの刑にすると言ったんだ。ちょうど麺棒《めんぼう》を使ってたからさ、麺棒じゃ鋸みたいなわけにいくまいって言い返してやったら、これは鋸挽きの刑のあとに使うんだと。切り落とした二個の玉をこれで叩き潰すんだと」

　背景で空港のアナウンスが流れた。

「で、ぼくはどうすればいい?」

「どうしようもないだろ? ページをせっせと延ばせ。気づかれんように」

「もうやっているよ。だが、だめなんだ。見たら、気づかないはずがない」

「おい、レイ。おれにだって考えることはいろいろあるんだ。さっきのつづきを言うとな、エミリが夢に見てる男どもなんて本物の恋人になる可能性はまずない。あいつが一方的にすてきだと思ってるだけだ。なぜすてきかと言えば、多くを成し遂げた男どもと信じてるんだな。いまのところ顔のイボは見えんし、心の獰猛《どうもう》さも見えん。まあ、どいつもこいつもエミリの手の届くところにはいなくて、そこがいまの状況の痛ましくも悲しいところ、皮肉なところなんだ。つまりさ、最後のところでは、エミリはまだおれを愛してる。あいつは愛してる。おれにはわかる、おれには……」

「チャーリー、ぼくへのアドバイスは?」

「ない。アドバイスなんぞあるわけがない」チャーリーは怒鳴り声に戻った。「自分で何とかしろ。おまえの飛行機とおれの飛行機と、さあ、どっちが墜落するか。これは見ものだ」

　そう言って、チャーリーは電話を切った。ぼくはソファーにへたり込み、大きく息を吸った。大げさに考えすぎるな——そう自分に言い聞かせつづけたが、その間も、吐き気に似たパニックの感覚が胃の辺りに広がりはじめていた。いろいろな考えの断片が頭の中を駆けめぐった。たとえば、このフラットからいま逃げ出したらどうだろう。チャーリーやエミリとは数年間連絡を断つ。そしてほとぼりが冷めたころ、慎重な言い回しの手紙を書いて、そっと出してみる……。だが、いまの心理状態にあってさえ、さすがにこの解決策はめちゃくちゃすぎると思った。却下だ。むしろ酒のキャビネットに行き、一本、また一本と空にしていったほうがいいかもしれない。エミリが帰宅するころにはへべれけになっていて、アルコールによる朦朧《もうろう》状態の中でうっかり日記を読み、八つ当たりしてしまった、と言い訳できるだろう。泥酔していれば思考が支離滅裂《しりめつれつ》になるのも当然だから、むしろぼくのほうが被害者だと反撃できるかもしれない。日記の当該箇所を指し示し、どれほど傷ついたかを怒鳴り散らそう。なにしろこれを書いたのは、ぼくへの愛情と友情を持ちつづけていてくれると信じていた人物だ。その愛情と友情を頼りに、見知らぬ土地で、孤独で、最悪の瞬間をも堪え抜いてきたのに……。この解決策にはいくつもの実際的メリットがあるように思えた。だが、同時に、自分でもあまりよく見たくない何かが、潜む場所から引っ張り出されてくるような気がして、実行は到底不可能だとも思った。

しばらくして電話が鳴りはじめ、またチャーリーの声が電話機に入ってきた。受話器をとると、先ほどよりずっと落ち着いた声が言った。

「いまゲートだ。さっきはちょっと興奮してたみたいで、すまなかった。空港に来ると、いつもそうなんだ。ゲートわきでこうやってどっかと腰を下ろすまで落ち着かない。レイ、聞け。いまふと思ったことがある。おれたちの作戦についてだが……」

「ぼくらの作戦？」

「そう、作戦全体についてだ。おまえ、わかってるよな？　いまは、真実を多少ねじまげてでも自分を取り繕《つくろ》おうなんて、そんなことを考えてる場合じゃないぞ。自分をよく見せるためのちょっとした嘘？　断じて許されん。だめだ、だめだ。そもそも何のためにおまえがそこにいるか、それを忘れるな。レイ、頼むぞ。ありのままのおまえをエミリに見せてやってくれ。それさえやってくれれば、作戦に大きな間違いは生じない」

「あの……知ってのとおり、ぼくはいまエミリの偉大なヒーローになれる状況じゃないよ」

「そうだな。わかっててくれてありがとう。だが、いまふと思ったんだ。一つだけ……おまえのレパートリーの中で一つだけ、いまひけらかしてもらっちゃ困ることがある。あのな、レイ、エミリはおまえがいい音楽の趣味をしてると思ってる」

「それで……？」

「おまえを引き合いに出しておれをけなすのが、唯一、音楽の趣味なんだ。おまえは果たすべき役割にほぼぴったりなんだが、ただ一つの難点がそれだ。だから、レイ、約束してくれ。エミリと音楽の話はするな」

「おい、チャーリー……」

「おれのために頼む。大したことじゃないだろ？　音楽の話題は避けてくれ。とくに、あいつの好きなノスタルジックな音楽はだめだ。万一、向こうからその話題を持ち出したら、とぼけてくれ。頼みたいのはそれだけだ。あとは、自然にしてくれていい。レイ、頼りにしていいよな？」

「ああ……いいよ。きっと君の取り越し苦労だ。だって、エミリとぼくと、今夜、何かで話がはずむなんて考えられないもの」

「よし、一件落着だ。さて、今度はおまえの抱えてるちょっとした問題を片づけよう。考えてやったからありがたく思え。いい解決策を思いついた。聞いてるか？」

「うん。どうするの？」

「うちによく来る夫婦者がいる。アンジェラとソリーってんだ。悪くないやつらだが、隣近所でなかったら、あんまり付き合おうとは思わんな。とにかく、しょっちゅう来る。連絡もなく来るくせに、お茶の一杯くらいは当然出るだろうと思ってる。な？　さて、重要なのはこれだ。ヘンドリックスを散歩させるときに寄るんで、時刻がまちまちなんだ」

「ヘンドリックス？」

「犬だ。くさくて行儀が悪くて、殺人犬になる素質を持ったラブラドール犬よ。もちろん、アンジェラとソリーには、この邪悪な生き物こそ、恵まれることのなかった子供の代わりだ。まあ、まだ十分に若そうだから、そのうち生まれないとはかぎらんが、生まれてもヘンドリックスのほうをかわいがりそうだな。とにかくだ、あいつらが来ると、かわいいヘンドリックスは決まってわが家を破壊していく。めぼしいものが見つからなかったときの泥棒もかくやだ。フロアスタンドがぶっ倒れる。あらあら、ダーリン、いいのよ。何が怖かったの……？　な？　で、本題だ。一年くらい前、おれたちは一冊の写真集を買った。大きな豪華本で、一財産した。場所は北アフリカ。どっかのカスバで若いゲイの男がポーズをとってる。そういう芸術的写真集さ。エミリはあるページが好きで、いつもそこを開いてた。ソファーにこのページが合うんだと。別のページにすると、すごい剣幕で怒った。さて、一年前だ。ヘンドリックスがやってきて、この本をぼろぼろにした。そうよ、艶やかな写真の数々にぐさっと歯をめり込ませて、ママが説得に成功するまでに二十ページは嚙みつづけたな。なんでこんな話をしてるか、わかるか？」

「うん。脱出ルートが見えるような気はするけど、でも……」

「よし。じゃ、詳しく言ってやろう。おまえはエミリにこう言う。ドアが鳴って、出たら夫婦者がいて、紐につながれたヘンドリックスがもじもじしてた。二人はアンジェラとソリーと名乗り、この家の友人で、お茶をご馳走になりに来たと言った。だから、中に入れたところ、ヘンドリックスが暴れだして日記帳を嚙んだ。もっともらしいだろ？　どうした。なぜ感謝しない。何かまだ不満か」

「いや、すごく感謝しているよ、チャーリー。いま頭の中で様子をイメージしていたんだ。あのさ、その二人が実際にやってきたらどうする？　エミリの帰宅後にさ」

「ありうるな。だが、そうなったとしたら、おまえはよほど運の悪い男だ。さっき、しょっちゅう来ると言ったのは、せいぜい月に一度くらいという意味だ。だから、粗《あら》探しはやめて、感謝しろ」

「でも、チャーリー、犬が日記帳だけを——それも、この何ページかだけを——嚙むというのも、ちょっとどうだろう」

チャーリーの溜息が聞こえた。「そこまでいちいち教えなきゃならんのか。もちろん、部屋の中を少し引っ掻き回すのさ。フロアスタンドを倒して、キッチンの床に砂糖をぶちまけろ。ヘンドリックスが駆け回ったように見せかけるんだ。おっと、搭乗のアナウンスが来た。もう行くぞ。ドイツに着いたら、また電話する」

チャーリーの話を聞いているうち、ぼくは何か妙な気分になった。他人の夢の話を聞いたり、車のドアにへこみができた状況を聞いたりするのに似ている。なるほどとは思うが、結局、ぼくとは関係がない。チャーリーの計画だって、なかなか巧妙ではあっても、エミリが帰宅したときにぼくが実際に言いそうなこと、やりそうなことに、どう結びつくのかが不明だ。ぼくはしだいにいらいらしてきた。だが、チャーリーの電話が切れたあと、ぼくはなんだか催眠暗示にかかったようになった。頭ではばかばかしいと思っているのに、腕と脚が〝解決策〟を実行に移すべく動きはじめていた。

まず、フロアスタンドを横倒しにすることから始めた。何かにぶつからないよう注意したのはもちろんだし、先に笠を外しておいて、全体を床の上に倒してから、ちょっと斜めになるような形でかぶせ直した。次に本棚から花瓶を下ろして敷物の上に転がし、中に入っていた枯れ草を周囲にまき散らした。コーヒーテーブルの近くに適当な場所を選び、そこに屑籠をひっくり返した。こんなことをしてどうなるものでもないと思いながら、まるで魂が肉体から抜け出たような不思議な感覚で黙々と作業した。

やっているうち、しだいに気持ちが静まってくるのがわかった。最後に、この乱暴狼《ろう》藉《ぜき》の目的が日記帳にあることを思い出し、居間からキッチンに移動した。

キッチンで少し思案した。まず戸棚から砂糖壺を取り、紫色のノートからさほど遠くないテーブル上に置いて、砂糖があふれ出すまでゆっくりと傾けた。テーブルの端からやたらに転げ落ちたがる壺を止めるのが骨だったが、これも何とかやってのけた。さっきまで胃の周りにまとわりついていたパニックの感覚は、もうすっかり失せていた。必ずしも平静というわけではなかったが、あれほど慌てふためいたことが、振り返るとばかばかしく思えた。

ぼくは居間に戻り、またソファーに埋まって、『マンスフィールド・パーク』を取り上げた。数行読んだところで巨大な疲労感に襲われ、いつの間にか再び眠り込んでいた。

電話の音で目が覚めた。エミリの声が聞こえてきた。ぼくは起き直って、受話器をとった。

「あら、レイモンド、いたのね。調子はどう、ダーリン？　気分は？　のんびりできたかしら」

できた、とぼくは答えた。のんびりどころか、眠っていた、と。

「あらあら、かわいそうに。何週間もちゃんと寝ていなかったんでしょう。ようやく息抜きができたと思ったら、今度はわたしの電話か。ごめんなさいね。実は、謝りついでにもう一つごめんなさい。がっかりさせて悪いんだけどね、レイ、ここはいま危機的状況なの。思ったほど早くは帰れそうにないのよ。少なくともあと一時間はこっちにいることになると思う。それまで生き延びられそう？」

どんなにのんびりし、どんなに幸せな気分か、ぼくは繰り返した。

「そう。確かにしっかりした声をしている。ごめんなさいね、レイモンド。どうしてもこれにけりをつけなくちゃ……。家の中のものは何でもご自由に。じゃね、ダーリン」

ぼくは受話器を置き、両腕を伸ばした。外から射す光が薄れてきていて、ぼくはあちこちのライトをつけて歩いた。そして、光に照らし出された居間の〝惨状〟について考えた。見れば見るほど、強い作為が明らかだ。胃でパニックの感覚がまた膨らみはじめた。

また電話が鳴った。今度はチャーリーだった。いまフランクフルト空港だ、と言った。荷物が出てくるのを待っている。

「なんでこんなに遅いんだ。まだ誰のやつも出てきてないぞ。おい、そっちはどうなってる。奥様のご帰館はまだか」

「うん、まだだけど……なあ、チャーリー、君の計画はうまくいきそうにないよ」

「何を言ってる。うまくいきそうにないだと？　いじいじと考えてばかりで、まだ何もやってないなんて言うなよ」

「いや、やることはやったよ。君の指図どおり部屋を引っ掻き回した。でも、どうも嘘っぽいんだ。犬がいたようには見えないんだよ。何と言うか……むしろ美術品の展示会みたいだ」

　チャーリーはしばらく無言だった。荷物のほうに注意が行っていたのかもしれない。やがて、「確かに、おまえにとっちゃ問題があるな」と言った。「他人の持ち物だもんな。思い切って壊せるわけがない。よし、聞け。これからおれがぜひ壊してほしいものをいくつかあげる。聞いてるか、レイ。これから言うものを遠慮なく壊せ。まず、あの不細工な陶製の牛だ。CDプレーヤの横にあるだろ？　デビッド・コーリーの野郎がラゴスに行ったときの土産の品だ。まずあいつを叩き割れ。それから……ええい、何を壊してもいいぞ。全部ぶっ壊せ」

「チャーリー、少し落ち着いたほうがいいよ」

「なあに、そのフラットはがらくただらけだ。いまのおれたちの結婚と同じよ。くたびれ果てたがらくただ。あのふにゃふにゃの赤いソファーな……どれのことかわかるな、レイ?」

「うん。さっきまであそこで寝ていたもの」

「あんなもの何世紀も前にゴミ箱行きで当然だったんだ。ひっちゃぶいて、中の詰め物を撒き散らせ」

「チャーリー、しっかりしてくれ。なあ、君はぼくを助けようとしているんじゃないだろう。人を道具にして、自分の怒りとフラストレーションを発散させたいだけなんじゃないのか」

「何をくだらんことを。もちろん、助けてやろうとしてるんだ。おれの計画は最高だぞ。うまくいくことは保証する。エミリはあの犬を嫌ってるし、アンジェラとソリーも嫌ってる。だから、もっと嫌いになる理由を投げてやれば、すぐに飛びつく。いいか……」突然、チャーリーの声がささやくように小さくなった。「いいことを教えてやる。エミリを納得させるための魔法だ。もっと前に考えつくべきだった。あとどのくらい時間がある?」

「一時間くらいかな……」

「十分だ。よく聞け。臭いを使う。そう、臭いだ。フラット全体に犬の臭いを漂わせろ。家に足を踏み入れた瞬間、それがエミリの脳みそに届く。サブリミナルだな。で、居間に入ると、今度は惨状が目に飛び込む。愛しいデビッドの牛は床で粉々だし、あのいやらしい赤いソファーの詰め物が一面に散乱してる……」

「待ってくれよ。ぼくはそこまで……」

「いいから、聞け。エミリは見たとたん、意識するにせよしないにせよ、即座にそれを犬の臭いと結びつける。おまえが何も言わなくたって、ヘンドリックスの跳ね回っている光景が心に映し出される。な、いいだろう？」

「気は確かか、チャーリー？　それにどうやったら家が犬くさくなるんだよ」

「方法がある」チャーリーは興奮に満ちたささやき声で言った。「どうやるか知ってる。六学年の前期で、おれとトニー・バートンでよくやったもんだ。あいつのレシピだが、おれが改良した」

「なぜ？」

「なぜって、あいつのは犬よりキャベツの臭いだったからよ」

「そうじゃなくて、君はなぜ……いや、いい。じゃ、教えてくれ。でも、薬局まで材料を買いにいくなんてのはご免だよ」

「やる気になったか。よし、ペンをとって書き留めろ。おっ、やっと出てきた……」

チャーリーは電話をポケットに入れたに違いない。子宮内の赤ん坊に届くような物音が数分間つづいた。やがてチャーリーの声が戻ってきた。

「もう行かなきゃならん。だから書き留めろ。いいか？　中くらいの鍋。たぶん、もうガスこんろにかかってる。そこに水を一パイント入れて、固形ビーフスープの素を二個加えろ。それからクミンを大匙半分、パプリカを大匙一杯、酢を大匙二杯、ベイリーフをたっぷりだ。書いたか？　次に革靴かブーツ。右でも左でも、片方でいい。これを上下さかさまにして鍋の中に立てろ。靴底が浸からないようにな。ゴムの焼ける臭いがするといかんから。あとはガスをつけて、煮立たせる。しばらくぐつぐつやってれば、すぐに臭いがしてくるはずだ。ひどい臭いじゃない。トニー・バートンのオリジナルレシピだと、ナメクジも入れることになってたが、おれのほうが臭いのきめが細かくて、ちょうどいい犬のくささになる。ああ、言うな。どこで材料を見つけるか、だろ？　ハーブやスープの素はキッチンの戸棚に見つかる。靴は、階段の下の物置だ。廃棄処分にするブーツが一足置いてある。ウェリントンじゃないほう、ぼろぼろのやつ。上げ底みたいになってる。いつもそれを履いて、外を出歩いたもんだ。履き潰《つぶ》したって感じで、いつゴミの収集に出してもおかしくない。その片方を使え。

どうした？　おい、レイ、ちゃんとやるんだぞ。わが身を救え。怒り狂ったエミリはしゃれにならんからな。おれはもう行く。ああ、忘れるなよ、音楽知識のひけらかしはなしだぞ」

わけのわからない指示でも、とにかく明確な指示を受けたことの効果だったのだろうか。受話器を置いたとき、ぼくはどこか吹っ切れて、何でも事務的にやれる気分になっていた。やるべきことがはっきり見えた。キッチンに行き、明かりをつけた。チャーリーの言葉どおり、ガスこんろには中くらいの鍋が鎮座して、やるべき仕事を待っていた。ぼくはそれに水を半分ほど入れて、こんろに戻した。さて、と思ったとき、先に一つ確認しておくべきことがあるのに気がついた。それは時間だ。作業にどれだけの時間をかけられるか、それを正確に知っておかねばならない。居間に戻り、受話器を取り上げて、会社のエミリに電話をかけた。

アシスタントが電話をとった。エミリは会議中だ、と言ったが、ぼくは丁寧な口調にも毅然としたところを滲ませ、エミリを会議から呼び出してほしいと頼んだ。「もしほんとうに会議に出ているのなら」そう付け加えると、次の瞬間、エミリが電話口にいた。

「どうしたの、レイモンド。何があったの？」

「何もないよ。ただ、ご機嫌いかがかな、と思って」

「レイ、声の調子が変よ。どうしたの？」

「声が変って、どういう意味だい。ただ、君が戻る時間を確認しておこうと思ってさ。ぼくが怠け者だと思われているのは知っている。でも、怠け者だってスケジュールを知りたいことがある」

「レイモンド、なぜそんなに不機嫌なの。そうね、あと一時間……いえ、一時間半くらいかしら。ほんとうにごめんなさいね。いま危機的状況なのよ……」

「一時間から一時間半。わかった。それがわかればいいんだ。じゃ、あとで。忙しいだろうから仕事に戻って」

エミリはまだ何か言おうとする気配だったが、ぼくは電話を切り、キッチンに戻った。戻りながら、この決然たる思いを萎《な》えさせてなるものかと自分に言い聞かせた。実のところ、気分は明らかに昂揚《こうよう》しはじめていて、さっきまであれほど落ち込んでいたことが不思議に思えた。ぼくは戸棚の中をあちこち探り、必要なハーブやスパイスを見つけて、こんろのわきにずらりと並べた。それぞれを量って水の中に放り込むと、さっと掻き混ぜてから、今度はブーツを探しにいった。

階段下の戸棚には、どうしようもない履物の山ができていた。しばらく引っ掻き回していると、チャーリーが言っていたようなブーツが見つかった。とりわけくたびれきった代物で、踵《かかと》の縁には古い古い泥の塊がこびりついている。これに違いあるまい。ぼくはそれを指先でつまみ上げ、キッチンに持っていった。言われたとおり靴底を天井に向け、逆さまに鍋に入れて、火をつけた。中火にし、テーブルわきの椅子にすわって、中身が煮立つのを待った。途中、また電話が鳴った。鍋から目を離すのは気が進まなかったが、留守電に吹き込むチャーリーの声が延々とつづいてやみそうになかった。やむをえず、火を弱めてから電話に出た。

「何か言ってたかい」とぼくは言った。「なんだかとても哀れっぽく聞こえたけど、いま忙しくて、聞き逃した」

「いまホテルだ。ただの三つ星さ。あんな大会社のくせに、このけちくささが信じられるか？　部屋だって不潔で小さい」

「でも、ほんの二晩か三晩なんだろう？」

「あのな、レイ、さっきの話で、ちょっとおまえにごまかしてたことがある。おまえにはフェアじゃないよな。なんたって、おれの頼みを聞いてくれてるんだ。エミリとのことで一所懸命やってくれてる。なのに、そんなおまえにおれは隠しごとをした」

「犬の臭いのレシピのことを言っているなら、もう遅いよ。いま作りつつある。まあ、いまからでもハーブか何か追加することはできると思うけど……」

「おまえに正直に言えなかったのは、おれ自身が自分に正直じゃなかったからなんだ。だが、吹っ切れた。頭がはっきりした。さっきは女などいないと言ったよな、レイ？だが、それは必ずしも正確じゃない。ある女がいる。そう、女だ。年は、いってても三十をちょっと越えたところかな。発展途上国の教育問題とフェアトレードにとても関心を持ってる人で、セックス中心の関係じゃないんだ。それは、まあ、おまけと言うか、副産物のようなもんだ。惹かれるのは、一点の曇りもない彼女の理想主義さ。彼女といると、昔の自分を思い出す。おまえも覚えてるだろ、レイ？」

「悪いけど、チャーリー、君がとくに理想主義だったという記憶はないよ。というか、君はいつでも利己的で快楽主義だったと思う」

「まあ……そうかもな。おれたちみんな、ずぼらで自堕落だったかも。だが、おれの中にはいつも別のもう一人がいて、外に出たがってた。そいつが、おれの注意を彼女に向けたんだ」

「チャーリー、いつのことだい。いつ起こったの？」

「いつって、何が？」

「この情事さ」

「情事なんかであるものか。セックスなんてしてないし、何もない。一緒に昼飯を食ったことすらない。ただ……ただ、ずっと会いつづけてるだけだ」

「会いつづけてるって、どういう意味？」ぼくはもうキッチンに戻り、鍋の中のものをじっと見つめていた。

「ただ、会いつづけただけだ」とチャーリーが言った。「予約を取って会いつづけたんだ」

「コールガールってこと？」

「違う、違う。セックスはしてないって言っただろ。歯医者なんだよ。かかりつづけたんだ。あそこが痛い、歯茎の調子が悪い……いろいろでっち上げて通いつづけた。もちろん、やがてエミリが感づいた」一瞬、すすり泣きをこらえているような気配があったが、次の瞬間には堰《せき》が切れた。「見つかった……エミリに見つかった……デンタルフロスを使いすぎて……」チャーリーは半ば叫んでいた。「そんなにデンタルフロスを使う人、見たことがない、と言われた」

「不合理だよ。そんなに歯の手入れをしていたら、歯医者にかかる理由がなくなるじゃないか……」

「不合理だろうが何だろうが、彼女を喜ばせたかったんだ」

「チャーリー、君はその人とデートもしていない。セックスもしていない。じゃ、何が問題なんだい」

「問題は、ああいう人が欲しいってことだ。もう一人のおれ、閉じ込められてるおれを解き放ってくれる人が欲しい」

「聞いてくれ、チャーリー。君にさっきの電話をもらってから、ぼくはかなり立ち直った。だから——言わせてもらうよ——君にももっとしっかりしてほしい。その問題は、君が戻ってから話し合おう。いまは、エミリがあと一時間ほどで帰る。それまでに準備を終えておかなくちゃならない。こっちはもう大丈夫だよ、チャーリー。それは、ぼくの声からもわかるだろう？」

「そりゃ、すごい。そっちはもう大丈夫ってか？　やるね。大した男、大した友人だぜ……」

「チャーリー、君はホテルが気に入らないから腐っているだけだと思う。でも、しっかりしてくれ。大げさに考えすぎるなよ。元気を出せ。こっちはほんとうに大丈夫だから。犬の件もちゃんとやるし、与えられた役目もちゃんと果たす。エミリに言うよ。エミリ、ぼくをご覧。全然だめなやつだと思うだろう？　だがね、エミリ、世の中はぼく同様のだめ人間ばかりなんだよ。でも、チャーリーは違う。違うとも。チャーリーはぼくらとは所属リーグが違う」

「おい、そんな言い方は不自然すぎるだろ」

「もちろん、このとおりの言い方はしないさ。ばかだな。いいから、任せてくれ。もうすべて飲み込んだ。だから落ち着いて。ぼくはもう行くよ」

　ぼくは受話器を置き、鍋を覗き込んだ。中身は沸騰していて、大量の蒸気を放っていたが、いまのところ、まだこれといった臭いはない。ぼくは炎を調節し、勢いよくぐつぐつと煮立たせた。そんなことをしているうち、なんだか新鮮な空気を吸いたくてたまらなくなった。まだ屋上テラスを見ていなかったことを思い出し、キッチンのドアを開けて外に出た。

　六月初頭のイギリスにしては、驚くほどさわやかな夕方だった。そよ風に少しぴりっと刺す感じがあって、それだけが、ここがスペインでないことを思わせた。辺りはまだ暗くなりきっていなかったが、もう満天の星だ。テラスの端に立つ壁の向こう側に、何マイルにも渡って家々の窓や裏庭が見えた。多くの窓にはもう明かりがともっている。遠くの窓などは、目を細めると、まるで星空の延長のように見えた。さほど大きくはない屋上テラス――ここには確かにロマンチックな雰囲気がある。忙しい都会の真ん中に住むカップルがここをそぞろ歩く。その光景をぼくは想像した。暖かい夕方、二人はここにやってきて、腕を取り合い、鉢植えの植物の間を歩きながら、その日あったことを語り合う……。

もっとここにいたかったが、あまり中断したら、勢いを失う恐れがある。ぼくはキッチンに戻り、煮立っている鍋のわきを通り、居間の戸口に立って、自分の暴れぶりを点検した。そして、愕然《がくぜん》とした。重大な過ちだ、と思った。ヘンドリックスという生き物の観点に立つことを完全に忘れていた。エミリを納得させられるかどうか——それは、ぼくが身も心もヘンドリックスになりきれるかどうかにかかっている。

そういう目で眺めてみると、これまでにやったことの不十分さが明らかだった。そ れ以上に、チャーリーの提案自体のだめさ加減が見えてきた。相手は動き回りたくてしかたのない犬だ。それがわざわざハイファイ装置の間から小さな牛の置き物を引っ張り出し、粉々にするだろうか。ありえない。ソファーを切り裂いて、中の詰め物を撒き散らすなんて、噴飯《ふんぱん》ものだ。それをするには、ヘンドリックスに剃刀《かみそり》のような歯が必要だろう。キッチンで砂糖壺がひっくり返っているのはいい。だが、居間についてはー から考え直さなければならない。

ぼくはヘンドリックスの目線で見たらどうなるだろうと思い、腰をかがめて部屋に入ってみた。真っ先に目についたのは、コーヒーテーブルに積んであるファッション雑誌の束だ。当然、これは標的になるだろう。凶暴な鼻先で一押しされ、雑誌が宙を飛ぶ様を想像してみた。同様の軌道を描くよう期待して、束をテーブルから押し飛ばしてみた。うん、床への落ち方は十分にほんとうらしい。ぼくは勇気づけられ、つづいてひざまずくと、一冊を押し開き、出たページをしわくちゃにしてみた。日記帳のしわくちゃぶりに似たものになれば、エミリの連想が自然に働いてくれるだろう……。そう期待したが、結果はがっかりだった。人の手によることが明らかすぎて、誰も犬の歯などとは思いそうにない。結局、ぼくはまた同じ間違いをしたわけだ。ヘンドリックスへのなり方が足りない。

ぼくは四つん這《ば》いになり、雑誌に向かって頭を下げると、そのページに歯を食い込ませてみた。ちょっと香水のような香りもあり、不快な味ではなかった。次に、床に落ちている別の雑誌に向かい、中ほどを開いて同じことをやってみた。あの技が近いかな、と思った。共進会などで、よくリンゴを水に浮かべ、浮きつ沈みつするやつに手を使わず噛みつく競争がある。あの要領でやるのが理想的ではなかろうか。顎《あご》を常に柔らかく保ちながら、軽く噛む動作をする。こうするとページが適度に乱れ、なかなかよい皺ができる。噛むことだけに集中しすぎると、ページどうしがホッチキスで留めたようにくっつき合い、失敗する。

もっと早くエミリに気づくべきだったとは思う。だが、ぼくはテクニックの研究に夢中になりすぎていた。気がつくと、いつの間にかエミリが廊下に現れ、戸口に立って、じっとぼくを見つめていた。最初に湧き上がってきた感情は、パニックでも極まり悪さでもない。痛みだった。戻ったのに、なぜただいまとも言わなかったのか。なぜそんなふうにじっと見ていたのか。ほんの数分前、ぼくがわざわざオフィスに電話をしたのは何のためなのか。まさにこうした状況に陥らないためではなかったか……。ぼくはそれを思い、なんだかペテンにかけられたような気がした。だから四つん這いの姿勢のまま、困惑の溜息を一つついた。エミリの目に映ったぼくの最初の反応は、たぶんその溜息だったろうと思う。それが合図のようにエミリは居間に入ってきて、そっとぼくの背中に手を置いた。膝《ひざ》を突いていたかどうかはよくわからないが、顔がとても近くにあったような気がする。エミリはこう言った。

「レイモンド、ただいま。ちょっとあそこにすわりましょう」

エミリはゆっくりとぼくを立たせた。ぼくはその手を払いのけたい衝動に駆られたが、なんとか抑えた。

「変だよ」とぼくは言った。「ほんの数分前、君はこれから会議だと言っていた」

「そう。でも、あなたの電話があって、これは帰ることを優先させるべきだと思ったの」

「優先？　何のことだい、エミリ。放してくれ。そんなふうにぼくの腕をつかんでいなくていいよ。転びそうなわけじゃない。で、帰ることが優先ってどういう意味？」

「あなたの電話よ。すぐわかった。あれは助けを求める叫びだった」

「まさか、そんなんじゃない。ぼくはただ……」そのとき、エミリが驚きの表情で部屋を見回しているのが見えた。ぼくの言葉は尻すぼみになった。

「レイモンド……」エミリは半《なか》ば独り言のようにつぶやいた。

「あの、さっきちょっとへまをやっちゃってさ、片づけるつもりだったんだけど、君が早く帰ってきて……」

　ぼくは倒れているフロアスタンドに手を伸ばした。だが、エミリが止めた。

「いいのよ、レイ。ちっとも気にしてない。あとで一緒に片づけましょう。いまはとにかくすわって。そして体の力を抜いて」

「なあ、エミリ、ここはもちろん君の家だよ。なのに、なぜ音も立てずに忍び込んだんだい」

「忍び込んでなんかいないわよ、ダーリン。入るときに声もかけたし。でも、あなたがいないみたいだったから、そのままトイレに飛び込んで、出てきたら、やっぱりあなたはいたってわけ。でも、なぜ蒸し返すの。どうでもいいことよ。わたしは帰ったし、今夜は二人でのんびりしましょう。お願い。すわってよ、レイモンド。お茶にしましょう」

そう言いながら、エミリはもうキッチンに向かっていた。ぼくはフロアスタンドの笠を調節していて、キッチンに何があるかをうっかりしていた。そして、思い出したときはもう遅かった。エミリの絶叫を予期して身構えたが、物音は何もなかった。ぼくはランプの笠を置いて、キッチンの戸口から覗いてみた。

鍋はいい感じでぶくぶくと煮立ち、逆さに直立しているブーツ周辺に蒸気が立ち上っていた。居間ではほとんど気にならなかった臭いが、キッチン内部ではかなり強くなっていた。間違いなく刺激臭で、なんとなくカレーにも似ていたが、何を思い出させるかと言えば、もちろん、長い道のりを汗だくでハイキングしたのち、ブーツから足を引っ張り出したときの臭いだ。

エミリはこんろから二、三歩下がった安全な場所に立ち、よく見ようと首を伸ばしていた。鍋にすっかり心を奪われていて、ぼくがキッチンに来たことを知らせようとちょっと笑い声を立てたのに、振り向くどころか、視線を動かしさえしなかった。

ぼくはエミリの横をすり抜け、キッチンテーブルの前にすわった。やがて振り向いたエミリの顔には、優しい笑みがあった。「思いやりに感謝よ、レイモンド」と言った。

その視線は、意思に反するように、いやいやをしながらこんろに引き戻されていった。

　ぼくの目の前には、傾いた砂糖壺があった。そして、もちろん日記帳が。巨大な疲労感が押し寄せてきた。突然、ぼくはすべてに圧倒された。道は一つしかない。このゲームを中止し、正直に打ち明けることだ……。ぼくはそう決心し、大きく息を吸ってから、こう言った。

「エミリ、ここの有様はちょっと変に見えるかもしれない。でもね、すべては君のこの日記帳から始まったことなんだよ。ここにあるこれ……」ぼくは皺になったページを開き、エミリに見せた。「悪いことをした。ほんとうにすまない。でも、うっかり開いて……うっかり握って、皺にしてしまった。こんなぐあいに……」ぼくは攻撃性を少し加減して同じことをやってみせた。そして、エミリを見た。

　意外なことに、エミリは日記帳にちらりと目をくれただけで、何事もなかったように視線を鍋に戻した。「それ、ただのメモ帳よ。別に秘密でもなんでもない。心配いらないわよ、レイ」そして、もっとよく見ようと、鍋にもう一歩近づいた。

「えっ、どうして？　心配いらないって、どういう意味だい。よくそんなことが言えるね」

「どうしたのよ、レイモンド。用件をちょこっと書き留めておくだけのメモ帳じゃない」

「でも、君がきっと大爆発するぞって、チャーリーが……」ぼくのことをどう書いたか、エミリはもう忘れている。それがぼくをいっそう憤慨させた。

「わたしが怒る？　チャーリーがそう言ったの？」

「ああ。ただ怒るだけじゃすまなくて、前にうっかり覗いたときは金玉鋸挽きの刑にされかけたって……」

エミリが怪訝《けげん》な表情になった。それがぼくの使った言葉のせいなのか、鍋の中身を見たことの名残《なごり》なのかは、よくわからなかった。エミリはぼくの隣にすわり、しばらく考えていた。

「違う」と、しばらくして言った。「それは別の件ね。いま思い出した。去年のいまごろよ。チャーリーが何かのことで落ち込んでね、〝もしおれが自殺したら、おまえはどうする〟って言ったの。わたしをただ試したかったんだと思う。自殺なんてできるほど度胸のある人じゃないもの。でも、尋ねられたわけだから、わたしも答えてやった。睾丸を鋸で挽いてやる、って。そのときだけよ、そんなことを言ったのは。つまり、日常的に言っているわけじゃないってこと」

「わからないな。チャーリーが自殺したら、ほんとうにやるの？　死んでから？」

「言葉の綾《あや》よ、レイモンド。自殺なんてしてほしくないっていう強調よ。わたしが大事に思っていることをわかってもらいたかっただけ」

「ぼくが言いたいのはそうじゃない。死んでからやっても、自殺を止める効果はないだろう？　いや、君の言うとおりかな。もしかしたら……」

「レイモンド、忘れましょう。そんなことはもうどうでもいいの。そうだ、昨日のラムキャセロールがあったわ。まだ半分以上残っているはず。すごくおいしかったから、今日はもっとおいしくなっているはずよ。ボルドーを一本空けるのもいいわね。夕食の準備をしてくれるなんて、あなたはとっても優しい人。でも、せっかくだけど、今夜はキャセロールですませたほうがいいと思わない？　どう？」

説明なんてもう無理だ、とぼくは思った。「ああ、いいね、ラムのキャセロール。うまそうだ。そうしよう」

「で、これは……とりあえず片づけましょうか」

「そうだね。そうして。片づけて」

ぼくは立ち上がって、居間に行った。もちろん、そこはまだたいへんな状況になっていたが、ぼくにはもう片づける気力が失せていた。だからそのままソファーに寝転がり、天井を見つめた。やがて、エミリが部屋に入ってきた。そのまま廊下に抜けていくのかと思ったが、そうではなく、向こう側の隅にしゃがみ込んだ。ハイファイ装置をいじっているとわかった。次の瞬間、居間に官能的な弦楽器と憂鬱なホルンが鳴り響き、サラ・ボーンが《ラバーマン》を歌っていた。

解放感と安堵感がどっと押し寄せてきた。ゆるやかなリズムに合わせ、ぼくは首を前後に揺すりながら目を閉じて、三十年近い昔を思い出していた。キャンパスのエミリの部屋にいて、ビリー・ホリデイとサラ・ボーンのどちらの歌い方がいいか、二人で一時間以上も話し合った。

エミリがそっとぼくの肩に触れ、赤ワインの入ったグラスをくれた。ビジネススーツの上にフリル付きのエプロンをつけて、手にはやはりグラスがあった。ソファーの向こう端、ぼくの足のすぐわきにすわり、ワインを一すすりしてから、リモコンで音量を少し落とした。

「ひどい一日だったわ」とエミリは言った。「仕事のことだけじゃなくて……もちろん、それもひどいけど……チャーリーのドイツ行きとか、いろいろ。仲直りもしないうちに行かせちゃって、胸が痛まないなんて思わないでね。そして、だめ押しがこれ。あなたがついに切れちゃったこと」エミリは長い溜息をついた。

「違うよ、エミリ。そんなにひどくはないよ。チャーリーは、ほんとうは君に首っ丈《たけ》だし、ぼくはどこも悪くない。ぼくは大丈夫」

「嘘よ」

「ほんとうさ。ほんとうに大丈夫……」

「ううん、チャーリーが首っ丈ってこと」

「ああ、そっち……嘘だなんてとんでもないよ。チャーリーはいままでにないほど君を愛している」

「なぜわかるのよ、レイモンド？」

「それはね……まず、お昼を一緒に食べているとき、あいつがそういう意味のことを言ったのが一つ。首っ丈という言葉は使わなかったけど、ぼくにはわかった。君らがいま難しいことになっているのは知っている。でも、一番重要なことは忘れないようにしないとね。チャーリーが君をとても愛しているということを」

　エミリはまた溜息をついた。「わたし、もう長いことこのレコードを聞いたことがなかったわ。チャーリーのせいよ。こういう音楽をかけると、とたんに苦虫《にがむし》を噛みつぶすんだもの」

　ぼくらはしばらく無言でサラ・ボーンを聞いていた。間奏に入ると、エミリがこんなことを言った。「ねえ、レイモンド、あなたは別バージョンのほうが好きでしょう？　ピアノとベースだけで歌っているあれ」

　ぼくは何も答えず、ワインを飲みやすいように体を少し起こした。

「きっとそう。別バージョンのほうね。でしょう、レイモンド？」

「さあ……」と、ぼくは言った。「よくわからない。実を言うと、別バージョンなんて覚えていないんだ」

　エミリがソファーの端で身動きするのがわかった。「冗談でしょう、レイモンド？」

「妙なんだ。でも、最近はこういうのをあまり聞かない。この歌のこともほとんど忘れていたよ。というか、いったいこの歌は何だっけ」ぼくは小声で笑おうとしたが、あまりうまくいかなかったかもしれない。

「何ですって？」突然、エミリの声は怒っていた。「何をばかな……。脳の手術でもしたの？　そうでもなきゃ、忘れるなんてありっこない」

「だって、ずいぶん昔のことだもの。物事は変わるよ」

「何を言ってるの！」今度は声にパニックの気配があった。「いくら変わったって、そんなに変わるわけがない」

ぼくは必死で話題を変えようとした。「君の仕事はなかなかたいへんそうだね」と言ってみた。

だが、エミリはぼくの言葉を完全に無視した。「何を言ってるの。この曲が好きじゃないってこと？　止めてほしいの？　そうなの？」

「違う、違うよ。すてきな歌だ。聞いていると……いろいろ思い出す。だから、しばらく静かにしていよう。さっきみたいに。そして、のんびりと」

エミリはまた溜息をついた。次にしゃべりだしたときは、また優しい声に戻っていた。

「ごめんなさいね、ダーリン。つい忘れていたわ。わたしの怒鳴り声なんて、あなたには一番不要なものよね。ごめんなさい」

「いや、いいんだよ」ぼくは上体を起こして、すわる姿勢になった。「チャーリーはいいやつさ。とてもまともだ。そして、君を愛している。あれ以上の相手はいないよ、エミリ」

エミリは肩をすくめ、また少しワインを飲んだ。「たぶん、そうでしょう。もう若いとは言えないわたしたち。二人はどっちもどっち。幸運と思うべきなんでしょうね。なのに満足することを知らない。なぜだかわからない。落ち着いて考えれば、わたし、本心ではチャーリー以外の男なんていらないのに」

エミリは、しばらくワインをすすりながら音楽を聞いていたが、やがて「ねえ、レイモンド」と呼んだ。「パーティにいるとするでしょう、ダンスパーティに。スローダンスが始まって、心から一緒にいたいと思う相手と踊っているわけ。これで十分、部屋にいるほかの人なんてみんな消えてしまっていい……そう思うけど、実際はそうならない。そうはならないのよ。いま腕の中にいる人が最高。ほかに半分もすてきな人はない。それはわかっているのに、部屋にはいろんな人が大勢いて、そっとしておいてくれない。大声で呼び、手を振り、ばかげたことをして、こっちの気を引こうとする。〝おい、なんでそんなので満足してるの？　もっとなんとかなるんじゃない？　こっちをご覧よ……〟って。しょっちゅう、そんな声をかけてくる。もう絶望的。好きな相手とだけ静かに踊っていたいのに、それができない。言っていることがわかる、レイモンド？」

ぼくはしばらく考えてから答えた。「まあ、ぼくは君やチャーリーほど運がよくないからね。君みたいに特別な誰かがいるわけじゃない。でも、どういうことか、なんとなくわかるよ。どこでよしとし、何でよしとするか。判断は難しい」

「そのとおりね。あの人たち、やめてくれるといいのに。あの有象無象《うぞうむぞう》。ちょっかいを出さずに、放っておいてくれればいいのに」

「さっき言ったことだけどね、エミリ、ぼくはからかっていたわけじゃない。チャーリーは君を大切に思っている。君との間の波風でまいっている」

エミリはぼくに半ば背中を向け、長い間じっと黙っていた。サラ・ボーンの《パリの四月》が始まった。多少スローすぎるとも思うが、とても美しいバージョンだ。そのサラに名前でも呼ばれたかのように、エミリがぎくりと顔を上げた。ぼくに向き直り、首を横に振った。

「嫌よ、レイ。あなたがもうこういう音楽を聞かないなんて、信じられないし、認めたくない。昔はよく一緒にレコードを聞いたじゃない。大学に来るときママが買ってくれた小さなレコードプレーヤで。あれをなんで忘れられるのよ」

ぼくは立ち上がり、グラスを持ったままフレンチドアまで歩いた。外のテラスを見やったとき、気がつくと目から涙があふれそうになっていた。拭くところをエミリに見られたくなくて、ドアを開けてテラスに出た。だが、すぐ後ろからエミリもついて出てきたから、あるいは見られたのかもしれない。ぼくにはわからない。

夜は暖かくて、気持ちがよかった。サラ・ボーンと楽団の奏でる音楽もテラスまで漂ってきていた。星はさっきより明るさを増し、近隣の家々の明かりも夜空の延長のように瞬いた。

「とってもいい歌」とエミリが言った。「これも忘れてしまったと言うの、レイ？でも、たとえ忘れてしまっても、踊ることはできるわね？」

「うん、できると思う」

「フレッド・アステアとジンジャー・ロジャーズみたいに」

「うん、みたいに」

ぼくらはワイングラスを石のテーブルに置き、踊りはじめた。とくにうまく踊れたわけではなく、膝が何度もぶつかり合ったが、ぼくはエミリをしっかりと抱き寄せた。エミリの服、エミリの髪、エミリの肌の手触りを、体中の感覚で受け止めた。そうやって抱きながら、エミリの体重の増えぐあいを改めて感じた。

「あなたの言うとおりよ、レイモンド」とエミリが耳元でささやいた。「チャーリーはまともな人。わたしたち、やり直さなければ」

「そう、やり直さなければ」

「あなたはわたしたちの大事な友人よ、レイモンド。あなたなしでは、どうすればいいの」

「いい友人と言ってくれるのは嬉しい。ほかは何もかもだめだもの。ほんとうのところ、ぼくは役立たずだ」

　肩が鋭く引っ張られた。

「そんなこと言わないで」とエミリがささやいた。「そんなふうに言わないで」そして、一瞬ののち、「とてもいい友人だもの」とつづけた。

　これはサラ・ボーンの《パリの四月》。クリフォード・ブラウンのトランペットで歌った一九五四年バージョンだ。だから、長い。少なくとも八分間はつづく。ぼくにはそれが嬉しかった。この歌が終われば、ぼくらが踊ることはもうない。部屋に入ってキャセロールを食べる。そのあと、たぶん、エミリはぼくが日記帳にした仕打ちを思い、はてなと思い返し、結局、最初思っていたほど無害ないたずらではなかったことに気づいて、怒るかもしれない。ぼくに何がわかる。だが、少なくともあと数分間、ぼくらは安全だ。だから、二人は星空の下で踊りつづけた。

モールバンヒルズ

Malvern Hills

春はロンドンで過ごした。やろうとしたことはいろいろあって、その全部が達成できたわけではないが、まずまず刺激的な日々だったと思う。だが、一週間また一週間と時間が過ぎ、夏が近づいてくるにつれて、またぞろ落ち着かない気分が戻ってきた。一つには、大学時代の友人としょっちゅう出くわし、それに嫌気がさしてきたことがある。キャムデンタウンをぶらついたり、ウェストエンドのメガストアで買えもしないCDを眺めていたりすると、知った顔がよく近づいてきて、大学をやめてからどうしてる、と尋ねる。思惑《おもわく》どおり名声と大金は得られそうかい、と言う。何をしてきたか話すのが別に恥ずかしいわけではないが、「上々の数カ月だった」と答えたとして、それが現在のぼくにとって何を意味し、何を意味しないのか、数人の例外を除き誰も理解してくれないのがむなしい。

いまも言ったとおり、目標にしていたことをすべて達成できたわけではない。だが、その多くはどちらかと言えば長期目標だったのも事実だし、オーディションは、退屈極まりなかったものも含めて、実に貴重な体験だった。少なくともロンドンのミュージックシーンや音楽業界全般について、常に何かしら学ぶところがあった。

さすがにプロと思わせるかなり本格的なオーディションもいくつかあった。場所は倉庫や改造ガレージで、マネージャーとかバンドメンバーのガールフレンドなどがいて、こちらの名前を尋ね、待つように言う。お茶なども出る。その間、隣の空間からは大音響のバンド演奏が聞こえてきて、鳴っては止まり、また鳴っては止まることを繰り返していた。だが、大半のオーディションは実にお粗末だ。そういうバンドのやり方を見ていると、ロンドンの音楽界が急速に死にかけているのも当然だという気がする。町外れに立つ変哲もないテラスハウスの並びの前を、ぼくはアコースティックギターを抱えて何度通ったことだろう。階段を上り、カビくさいアパートに入ると、床一面にマットレスや寝袋が転がっている。待っていた連中は何やらつぶやくだけで、こちらとまともに目を合わせようともしない。ぼくはギターを弾いて歌い、向こうはただぽかんと見つめている。最後に一人が「ありがとう。だが……ウーン、おれらとはジャンルが違うようだ」と言い、オーディションが終了する。

だが、この連中がオーディションに不慣れなこと、気後《きおく》れしたりまごついたりしていることはすぐに見当がついた。何か別の話題で話しかけてやるようにすると、ずっと打ち解けてくれて、いろいろと役に立つ情報が拾えることもわかった。たとえば、どこのクラブが面白くて、どのバンドがギタリストを求めていて、新結成のグループで注目すべきはどれか……。このこつを覚えてからは、どんなオーディションに行っても、手ぶらで帰ることがなくなった。

ぼくのギターは、おおむねとても気に入られた。ボーカルのほうも、よくハモれそうな声だと言われた。一方、ぼくには致命的な問題が二つあることもすぐにわかった。一つは道具がないことだ。多くのバンドが欲しがっていたのは、エレキギターとアンプとスピーカー、さらには移動手段があって、演奏スケジュールにいつでも合わせられることだ。ぼくには安物のアコースティックがあるだけで、どこへでも歩いていく。だから、いくらぼくのリズム演奏や声が気に入っても、向こうとしては断るしかない。この理由は、なるほど、とぼくにも納得できた。

だが、もう一つのほうはとても受け入れがたかった。正直、これが問題だと言われることと自体が、ぼくにはまったく予想外だった。自分で曲を書くことが問題……？

最初に聞いたときは信じられなかった。どこかの薄汚いアパートに行って、無表情の数人に取り囲まれて演奏する。終わると、十五秒、ときには三十秒ほども沈黙があったのち、誰かが警戒心もあらわな顔で、「それは誰の曲？」と尋ねてくる。自作の歌だと答えると、とたんにぼくの周囲にシャッターが下りてくる。肩がひょこりとすくめられ、首が横に振られ、意味ありげな笑いが交わされる。誰かがぼくの肩をぽんと叩き、「申し訳ないが……」と言う。

こんなことばかりがつづいたある日、ぼくはついに腹にすえかねて、「なぜ？」と言った。「君らは永遠にカバーバンドでいるつもりなのか。まあ、それはそれでいいが、そのカバーする曲はいったいどこから来たと思うんだ。最初は誰かが書いたんじゃないのか」

だが、相手は無表情のままぼくを見つめて、「悪く思うな」と言った。「ただな、世の中にゃオナニー代わりに歌を書く野郎が多くてさ」

ロンドンの音楽サークルには、こういう考え方が蔓延しているようで、実にばかばかしい。この件があったあと、ぼくはどうもどこかがおかしいと思うようになった。何か腐りきったことがまかり通っている。それが言いすぎなら、少なくともきわめて浅薄で、嘘っぽいことが行われている。草の根レベルでこうだとしたら、これは音楽業界のもっと上の層で起こっていることの反映に違いない。
そう気づいてから、しばらく都会を離れたほうがいいと思うようになった。ロンドンは実に魅力的で、それに比べればぼくの大学生活などは灰色もいいところだったが、そうであってもやはり離れたほうがいい。まあ、夏が近づくにつれ、寝泊まりできる場所に不自由しだしたという事情もある。ぼくは姉のマギーに電話し、話し合いの結果、夏を姉夫婦のもとで過ごすことになった。姉は、夫ジェフと二人、モールバンヒルズでカフェを経営している。

マギーは四歳年上の姉だ。いつもぼくのことを心配しているから、行くと言えば、来いと言ってくれることはわかっていたし、それに、人手が増えることを内心喜んでいたとも思う。いま言ったとおり、姉夫婦のカフェはモールバンヒルズにある。グレートモールバンの町の中や幹線道路沿いではなく、文字どおりモールバン丘陵群の一つに立っている。古いビクトリア朝風の一軒屋で、西向きだから、天気がよければカフェテラスに出て、ヘレフォードシャーを一望しながらお茶とケーキを楽しめる。冬の間は休業するが、夏はいつも繁盛している。客は地元の人がほとんどだ。百ヤード下のウェストオブインググランド駐車場に車をとめ、サンダル履きに花柄のドレスという恰好で、息を切らしながら小道を上ってくる。ときには本格装備のトレッキンググループが地図を片手に通りかかり、立ち寄ることもある。

給料は払えない、とマギーには言われたが、ぼくにはむしろ好都合だ。もちろん、泊めてもらって食べさせてもらうわけだから、スタッフの一人として勘定には入っていたのだろうが、無給ならさほど真剣に働かなくても文句は言われまいと思った。ただ、この点は最初からやや曖昧で、とくにジェフなどは、働きが足りないといってぼくの尻を蹴飛ばせばいいのか、客相手に仕事してもらうことを申し訳ながればいいのか、決めかねていたようだ。だが、すぐに一定のパターンができた。仕事自体は簡単で、すぐにこなせた。ぼくはサンドイッチを作る。けっこう得意で、つい一所懸命になりすぎ、ときどき、おい、と自分自身に思い出させる必要があった。何のために田舎にやってきたかを忘れるな。目的は新しい曲をいくつか書き溜めることだぞ。秋にはロンドンに戻るんだから……と。

ぼくは元来早起きだが、すぐに、カフェの朝食時は悪夢であることがわかった。客の注文が実にうるさい。卵はこう茹《ゆ》でろだの、トーストはああ焼けだの言われ、あれこれやっているうちにすべてが茹ですぎや焼きすぎになってしまう。だから、ぼくは十一時までカフェには下りていかないことにした。朝は階下の騒音を聞きながら、部屋の大きな出窓を開け、幅のある窓枠にすわったまま、何マイルもつづく田舎の風景に向かってギターを弾く。ここに来た直後は晴れの日がつづき、朝はさわやかに澄んでいて、どこまでも見通せそうなすばらしい気分が味わえた。掻き鳴らすコードが国中に響き渡る感じがした。もちろん、下にはカフェテラスがあり、客が犬を連れたり乳母車を押したりして行き来しているわけだが、頭を窓から突き出して下を向かなければ、ぼくの視界には入ってこない。

モールバンヒルズは初めてではない。姉もぼくもここからほんの数マイルのところにあるパーショーで育ったし、この辺りの丘には両親に連れられてよくハイキングに来た。ただ、当時は山歩きになど興味がなかったから、ある程度の年齢になると、もう一緒に行くのを拒否した。だが、ロンドンから戻ったあの夏、ぼくは世界にこんな美しいところがあったのかと心を打たれた。いろいろな意味で自分がこの土地の人間であり、ここが故郷だ、と実感した。裏には両親の離婚があったのかもしれない。美容院の向かいに立つあの灰色の家が、もはや〝ぼくらの〟家でなくなったわけだから。まあ、理由が何であれ、子供のころのぼくに閉所恐怖を感じさせたこの土地が、いまはとても美しく見え、郷愁さえ感じさせた。

ほぼ毎日、丘を歩き回った。雨が降らないことが確実なら、ギターを持って出かけた。テーブルヒルとエンドヒルがぼくのお気に入りだ。この二つはモールバンヒルズの北端にあたる丘で、ハイカーにはあまり人気がない。だから、ここに入ると、ときに何時間も人には出会わず、誰にも邪魔されずに考え事に没頭できた。まるでぼくがこの丘の第一発見者か何かのような気分に浸れ、そんなとき、新しい歌のアイデアが心の中にいくらでも湧き上がってくる気がした。

カフェでの仕事は正反対だ。サラダを作っていると、声が聞こえ、顔がカウンターに近づいてくる。そこには両親の旧友がいて、ぼくを少し昔までぐいと引き戻す。「いま何をしている」と質問攻めにする。満足してくれるまで何とかあしらいつづけると、ほとんどの場合、相手はスライスしたパンやトマトを顎で指し示し、「まあ、少なくとも忙しそうで何よりだ」と言い残して、お茶をいれたカップと受け皿を手によちよちとテーブルに戻っていく。学校で一緒だったやつがカフェに立ち寄ることもある。ぼくを見かけると、新しく身につけた大学生口調で話しかけてくる。気のきいた用語をちりばめて、最新のバットマン映画を分析してみせたり、世界の貧困の真の原因について解説したりする。

ぼくはどちらも大して気にならないし、人によっては、再会できて心から嬉しいと思うときもある。だが、その夏、一人だけ、カフェに入ってくるのを見たとたん、心の中が凍りつくように感じた人物がいた。見て厨房に逃げ込むことを思いついたときは、もう相手にも見られていた。

　ミセス・フレーザー……ぼくらの呼び方ではフレーザー婆さんだ。泥だらけの小さなブルドッグを連れて入ってきた瞬間、婆さんだとわかった。犬を連れ込むな、とよほど怒鳴ろうかと思ったが、まあ、ほかの客も犬連れのまま何か買いに入ってくるから、そうもいかない。フレーザー婆さんは、パーショーの学校でぼくの先生の一人だった。第六学年に進級する前に退職してくれたのはありがたかったが、ぼくの記憶の中で婆さんの影は巨大だ。学校生活全体を暗く覆っている。こいつさえいなければ学校もさほど悪いところではなかったのに、と思う。なぜか最初からぼくを嫌っていて、そんな先生から十一歳の子がわが身を守ることなど不可能に近い。婆さんの使う手は、性格のひねくれた教師が十八番のように使うあれだ。たとえば、授業中、答えられそうにないと思う質問ばかりをぶつけくる。答えられなかった罰として立たせ、クラス中の笑いものにする。あとになると、もっと手の込んだ意地悪も始まった。十四歳のとき、トラビスという男の先生が赴任してきて、一度、授業中にぼくと冗談を言い合ったことがある。ぼくをネタにした冗談ではなく、対等な立場で交わした冗談で、クラス全体が笑った。ぼくもとても嬉しかった。数日後、廊下を歩いていると、向こうからトラビス先生が婆さんと何やら話しながら歩いてきた。すれ違うとき、婆さんはわざとぼくを呼びとめ、宿題の提出が遅いとかなんとか激しく叱りつけた。要するに、〝問題児〟であることをトラビス先生に印象づけたかったわけだ。いい生徒だなどと一瞬でも思ったら、それは大きな間違いですよ、と。年の功なのか何なのか、ほかの教師は婆さんの正体をどうしても見抜けないようで、婆さんが何を言っても、それをありがたがって聞いていた。

その日、入ってきた婆さんは、明らかにぼくを覚えていた。だが、笑いかけたり名前を呼んだりなどするわけもない。お茶一杯とカスタードクリームビスケット一包みを買い、外のテラスに持っていった。面倒なことにならず、よかったと思った。だが、違う。しばらくして、また入ってきた。空のカップと受け皿をカウンターに載せ、「いつまでも片づけに来ないから、自分で持ってきてあげましたよ」と言った。そして、普通の人がやるより一秒か二秒長く、ぼくをじっと見つめてから出ていった。昔のままの表情、〝ああ、ビンタを一発食らわしてやりたい〟という表情だった。

くそ婆あへの憎しみが一気によみがえり、数分後、マギーが下りてきたときは、はらわたが煮えくり返っていた。マギーはすぐにぼくの様子がおかしいのを見てとり、何があったのか、と尋ねた。客はテラスに何人かいるだけで、店内にはいなかったから、ぼくはつい大声を出した。婆さんについてのありとあらゆる——だが、当然の——悪口を言った。マギーはぼくを落ち着かせ、こう言った。

「まあね……でも、もう先生じゃない。ただのお婆さんじゃない。それも、旦那さんに捨てられた哀れなお婆さんよ」

「意外じゃないね」

「でも、少しは気の毒に思ってやらないと。退職して、さあ残りの人生を楽しむぞと思った矢先に若い女にとられたんだから。いまは朝食を出す民宿を独りで切り盛りしているけど、なんだか危ないって噂だわね」

ぼくはざまあみろと思い、すっかり気分がよくなった。そのあと客が集団でやってきて、大量のツナサラダを作るのに追われ、そのまま婆さんのことなど忘れた。だが、数日後、厨房でジェフとおしゃべりしているとき、もう少しいろいろなことがわかった。四十数年間連れ添った夫が秘書と駆け落ちしたらしい。民宿を始めたが、スタートこそまずまずだったものの、いまでは客が返金を求めたとか、到着して何時間もせずにチェックアウトしたとか、ひどい噂が飛び交っている。ぼくもマギーの仕入れの手伝いで出かけたとき、その場所の前を車で通り過ぎ、自分の目で見てきた。婆さんの民宿は花崗岩《かこうがん》でできたしっかりした建物で、作曲家エルガーゆかりの地を巡るエルガールート上にあった。〈モールバンロッジ〉という大きな看板がかかっていた。

婆さんのことはこのくらいにしておこう。婆さんや民宿のことなど、ぼくにはどうでもいい。わざわざ触れたのは、その後、ティーロとゾーニャが来てからのことに関係してくるからだ。

その日、ジェフはグレートモールバンに行っていて、店はぼくとマギーの二人で番をしていた。二人が入ってきたのは、昼のラッシュは終わったものの、まだ忙しさの残る時間帯だった。訛《なま》りのある声が聞こえたとたん、ぼくは心の中で〝クラウト〟と思った。もちろん、ザウアークラウトから来るドイツ人の蔑称だが、ぼくは別に人種差別主義者ではない。ただ、カウンターの後ろにいて、誰がビーツの根を嫌い、誰がパンを余分に欲しがり、誰の請求書に何を載せるかを覚えておこうとすると、客全員の覚え方を工夫するしかない。肉体的なり何なりの特徴を拾い出し、名前をつける。たとえば、馬面《うまづら》にはプラウマンズランチ一つとコーヒー二つ、ウィンストン・チャーチルと奥さんにはツナマヨバゲット……と、そんなぐあいだ。だから、ティーロとゾーニャはクラウト夫妻になった。

とても暑い午後だったのに、ほとんどの客は——もちろん、イギリス人だから——外に出て、テラスにすわりたがった。なかには真っ赤に日焼けしたいからと、パラソルさえ嫌がる人もいた。だが、クラウト夫妻は日陰を求めて店内に入ってきた。ともにゆったりした黄褐色のズボンをはき、あとはスニーカーとTシャツという軽装だったが、大陸から来た人らしく、どことなくスマートに見えた。たぶん四十代、もしかしたら五十代に入ったばかり、とぼくは見当をつけた。ただ、最初からとくに注意していたわけではない。二人は静かに語り合いながらランチを食べた。ヨーロッパから来た人当たりのいい中年カップルに見えた。しばらくして男のほうが立ち上がり、店内を歩き回りはじめた。マギーが壁にかけておいた古い色褪せた写真の前に来ると、立ち止まり、じっと眺めた。これは一九一五年当時のこの建物の写真だ。男は両腕を広げ、こう言った。

「この辺りは実にすばらしい。山ならスイスにもすてきなのがたくさんありますが、ここにあるのは違う。丘ですね、丘の連なり。モールバンヒルズ、モールバン丘陵と呼んでいるでしょう？　優しくて、人を拒まない。まったく違う魅力があります」

「ああ、お客様はスイスからですか」とマギーが愛想よく言った。「昔から行きたいと思っていました。アルプスにケーブルカー、とてもすばらしそう」

「もちろん、スイスにも美しいところがたくさんあります。でも、ここには、この場所には特別な魅力があります。以前からイギリスのここを訪ねたいと思って、二人でいつも話し合っていました。やっと来られたというわけです」男は嬉しそうに笑った。

「来てほんとうによかった」

「それはようこそ」とマギーが言った。「楽しんでいってください。長くご滞在ですか」

「あと三日間いて、また仕事に戻ります。何年も前、エルガーについてのいいドキュメンタリー映画を見ましてね、それからずっと来たいと思っていました。エルガーはモールバンヒルズが大好きだったのでしょう？　隅から隅まで自転車で走り回った、とありました。そして、私たちもついにここに来た」

マギーは、何分間か男と話をしていた。イギリスのどこに行ったかとか、この辺りで何を見ておくべきかとか、旅行者相手のいつものたあいない話だ。ぼくはもう耳にたこができていたし、自分でも空で言えるほどになっている。だから、クラウトかと思ったら実はスイス人だったこととと、レンタカーで旅をしていること、その二点だけを心にとどめ、あとは上の空で聞き流すことにした。男は褒め言葉を並べつづけていた。イギリスはすばらしい国、国民はみな親切……。そして、マギーが何やらジョークの真似事のようなことを言うたびに大きな声で笑ったが、いま言ったとおり、ぼくはもう退屈なカップルだと決めつけて上の空でいたから、内容はわからない。ぼくが夫婦に意識を戻したのは、それからしばらくして、夫が妻をなんとか会話に引き込もうとしているのに気づいたときだ。だが、妻は押し黙ったまま、ガイドブックから目を離そうとしなかった。会話など行われていることにすら気づいていないという態度でいた。俄然《がぜん》、二人に興味が湧いた。

二人の日焼けは自然で、むらがない。地元客の、汗をかいたロブスターのような日焼けとは大違いだ。体形も年のわりにスリムで、よく動けそうに見える。夫の髪の毛は色こそ灰色だが、量はたっぷりとあり、それが丁寧に整えてある。どことなく七〇年代っぽく、ABBAの男性メンバーを思わせた。妻はブロンドの髪がほとんど白く変わり、厳しい顔つきをしていた。口の周りの小さな皺で損をしていなければ、年配の美しい女性と言えたところだ。そして、さっき言ったとおり、夫が妻を会話に誘おうとしていた。

「もちろん、妻もエルガーが大好きで、生家を見ることをとても楽しみにしているんです」

妻は何も言わない。

あるいは、「白状すると、私はさほどパリが好きではないんです。ロンドンのほうがずっといい。でも、ゾーニャはパリが大好きで……」

やはり何も言わない。

夫は何か言うたびに隅にいる妻を振り返り、マギーもつられてそちらを見やった。だが、女は依然として本から目を上げようとしなかった。夫はそんな妻の様子にとくに動揺するでもなく、かまわず快活にしゃべりつづけた。また両腕を広げ、「ちょっとお許しを」と言った。「少し外に出て、ここのすばらしい景色を堪能《たんのう》してこようと思います」

男は外に出ていった。テラスの縁をぐるりと歩いていくのが見え、やがてぼくらの視界から消えた。女は部屋の隅で、ガイドブックを読みながらじっとすわっていた。しばらくして、マギーがそのテーブルに行き、食器などを片づけはじめた。そんなマギーの動きを女は完全に無視していたが、ロールパンの小さなかけらがまだ載っている皿を持ち上げたとき、突然、本をばたんとテーブルに置き、「まだ食べ終わっていません」と言った。必要以上に大きな声だった。

マギーは謝り、ロールパンのかけらを残したまま引き上げてきた。だが、女がそれに手を伸ばそうとする気配はなかった。マギーは横を通り過ぎながらぼくを見、ぼくはちょっと肩をすくめてみせた。しばらくして、「ほかに何かご入り用のものは？」と姉が女に優しく尋ねた。

「いえ、けっこうです」

声の調子から、ぼくは放っておくのが一番だと思ったが、面倒見のいいマギーはそうはいかない。心から知りたいという口調で「万事不都合はありませんか」と尋ねた。少なくとも五、六秒、女は何も聞こえなかったかのように本を読みつづけていた。だが、突然、テーブルにまたどんと本を置き、姉をにらみつけた。

「聞かれたから言います」と言った。「食事には文句がありません。この辺のあちこちにあるひどい店に比べたら、ずっとまし。でもね、サンドイッチとサラダをもらうのに、なぜ三十五分も待つんです。三十五分間ですよ」

ぼくは、女が怒りで青ざめていることに気づいた。突然湧いて、さっと消えていく怒りではない。違う。ぼくにはわかる。この女の心の中では、しばらく前から怒りがたぎっていた。これは居つく怒り、ひどい頭痛のように一定レベルでいつまでもたぎりつづける怒りだ。爆発というはけ口がなく、だから収まることもない。マギーはいつも心穏やかな人だから、そんな怒りを見てもそれとわからない。たぶん、女が多少なりとも筋の通る苦情を言っていると思ったのだろう。あらためて謝って、「申し訳ありません。でも、つい先ほどまでとても混雑していまして……」と言い訳を始めた。

「毎日のことなんでしょう？　違います？　夏に天気がよければ、毎日、大いに混雑するんじゃありませんの？　だったら、なぜ準備をしておかないんです。毎日決まって起こることなのに、あなたは毎日驚くんですか。おっしゃりたいことは、そういうこと？」

女は姉をにらみつけていたが、ぼくがカウンターの後ろから出て姉の横に立つと、今度はぼくのほうに視線を移動させた。たぶん、ぼくの顔に浮かんでいた表情のせいだと思う。女の怒りが目盛り二つ分くらい増大したのがわかった。マギーはぼくのほうを向き、見て、そっと押し戻そうとした。だが、ぼくは抵抗し、女を見つめつづけた。これは女とマギーだけの問題ではないことを示したかった。あのままだったらどうなっていたことかと思うが、そのとき夫が戻ってきた。

「すばらしい眺望だ。すばらしい眺め、すばらしいランチ、すばらしい国……」

当然、店内のこの険悪な雰囲気に気づくだろうと思い、ぼくはそれを待った。だが、夫は気づいたとしても、それを少しも素振りに表さなかった。妻に笑いかけ、英語で（たぶんぼくらへの配慮だろう）こう言った。「ゾーニャ、おまえも見てきてごらん。そこの小道を行き止まりまで歩けばいい」

妻はドイツ語で何か言い、また本に戻った。夫はさらに数歩店内に歩み入って、ぼくらにこう言った。

「午後は車でウェールズまで行くつもりでしたが、モールバンヒルズはほんとうにいい。残る三日間、このままここで過ごそうかという気になっています。ゾーニャが賛成してくれれば、こんな嬉しいことはないが……」

男は妻を見た。妻は肩をすくめ、ドイツ語で何か言った。それを聞いて、男は大きく笑った。

「よかった。妻もいいそうです。決まりだ。もうウェールズには行きません。あと三日間ここにとどまって、あちこち見て歩くことにします」

夫はぼくらに嬉しそうな笑顔を見せ、マギーが適当に応じた。女が本をしまい、出ていく準備を始めた。ぼくはほっとした。夫もテーブルに行き、小さなリュックサックを取り上げて、肩に背負った。そして、マギーにこう言った。

「この近くにお勧めのホテルはありませんか。あまり高いところではなく、快適に泊まれれば十分です。まあ、できれば、これぞイギリスというのを味わえれば言うことはありませんが……」

マギーはさてと考える顔になり、とりあえず時間稼ぎに「どんな場所をお考えですか」というような無意味なことを言った。すかさずぼくがしゃしゃり出た。

「この辺だと、ミセス・フレーザーの民宿がベストですよ。ウスターへの道の途中にあります。モールバンロッジと言います」

「モールバンロッジ、ぴったりの名前だ」

マギーは顔をしかめて横を向き、ぼくがフレーザー婆さんの民宿への行き方を教えている間、片づけものをつづける振りをしていた。夫婦は出ていった。夫は満面の笑みでぼくらに礼を言い、妻はこちらを振り返りもしなかった。

姉はぼくにうんざりした表情を見せ、首を横に振った。ぼくは笑った。

「あの女ならフレーザー婆さんの好敵手だ。姉さんもそう思うだろ？　二人をかち合わせる機会を見逃す手はないよ」

「あんたはそうやって面白がってればいいけど……」マギーはそう言い、ぼくの横を通って厨房に行った。「わたしはここで生きてくんだからね」

「だから何？　あのクラウト二人はもうここに来やしないし、婆さんだって……ぼくらは観光客を紹介してやったんだ……感謝こそすれ、文句を言う筋合いじゃないだろ？」

マギーは首を横に振ったが、今度は表情にかすかな笑みが見えた。

そのあとカフェは静かな時間帯に入り、ジェフも戻った。当面やるべきことを――

いや、それ以上を――やり終えたぼくとしては、そろそろ自室へ引き上げても文句を言われまいと思った。部屋ではギターを抱えて出窓にすわり、書きかけの曲のつづきにしばらく没頭した。だが、すぐに（と思えた）午後のお茶の時間になり、階下がまた騒がしくなってきた。たいていは、これから気が狂うほど忙しくなって、マギーから声がかかる。下りてきて、ちょっと手伝って……。だが、今日はもうずいぶん仕事をした。これ以上させられるのはフェアではない。ぼくはこっそり丘に逃げ出して、そこで曲作りをつづけることにした。

誰にも出くわさずに裏口から出られた。開けた場所に出たとたん、気分が晴れ晴れとした。暑い午後で、おまけにギターケースまで抱えていたから、そよ風が気持ちよかった。

前の週に見つけておいた場所に向かった。行くには、まずカフェの裏手にある急な小道を上る。上り終えると少し緩やかな道に出るから、そこをしばらく行く。数分で目的のベンチにたどり着く。この場所に目をつけたのには理由がある。何よりも景色がすばらしいことだが、それだけではない。小道どうしの合流点でないことも理由の一つだ。つまり、くたびれきった子供連れがよろよろと歩いてきて、隣にどっかりと腰を下ろす危険がない。一方、完全に隔絶《かくぜつ》した場所でもなくて、たまにはハイカーが迷い込んでくる。ハイカーの常として「やあ」と一声かけ、物好きならぼくのギターについて一言二言付け加えるが、そのまま足も止めずに歩み去る。その程度なら、ぼくも全然気にならない。聞き手がいるようないないようなもので、ぼくの想像力に程よい刺激を与えてくれる。

果たして、三十分ほどしたところハイカーが通りかかった。例によって短い挨拶《あいさつ》をして通り過ぎたが、数ヤード行ったところで立ち止まり、ぼくをじっと見ている気配がした。いつまでも見ていられるのは気持ちが悪い。だから、少し嫌みを込めて、こう声をかけた。

「かまいませんよ。演奏は無料です」

大きな笑い声が返ってきた。聞き覚えのある声に、見上げるとクラウト夫妻がいて、ベンチに向かって引き返してくるところだった。

フレーザー婆さんの民宿に行った帰りだろうか、と思った。行って一杯食わされたことに気づき、文句を言いにきたのだろうか。だが、見ると、男だけでなく女の顔も明るく笑っていた。ぼくの前辺りまで引き返してきたとき、もう傾きはじめていた太陽の光を浴びて、一瞬、大きな空を背景にしたシルエットに見えた。近寄った二人は、好奇心と嬉しさの入り混じった表情で、ぼくがまだ弾いていたギターを見つめていた。

ちょうど人が赤ん坊を見つめるときのような表情だ。さらに驚いたことに、女がギターに合わせて足で拍子をとっていた。ぼくは居心地が悪くなって、弾くのをやめた。

「あら、つづけてくださいな」と女が言った。「それ、とてもいい曲だわ」

「ああ、すばらしい」と夫が言った。「ずっと向こう……」と指差した。「あそこ、あの尾根の上にまで聞こえてきたよ。おい、音楽が聞こえるぞ、とゾーニャに言ったくらいだ」

「歌もね」と女が言った。「どこかで誰かが歌ってない？　そうティーロに言ったんですよ。あなたでしょう？　いまも歌っていましたもの」

この笑顔の女と昼時のカフェでぼくらともめた女が同一人物とは、なかなか信じがたかった。まったく別のカップルではないのか……。ぼくは、もう一度、二人を注意深く見つめた。だが、服装が同じだし、男のABBA風の髪型も——風で多少崩れてはいたが——同じだ。間違いない。それに、次の瞬間、男がこう言った。

「君は、あのすてきなレストランで私たちにランチを出してくれた君だよね」

ぼくはうなずいた。つづいて女がこう言った。

「さっきあなたが歌っていた曲……風に乗って流れてきたのを尾根の上で聞いた曲ね、あれ、フレーズの終わりごとにちょっと下がるところがとてもすてき」

「どうも」とぼくは言った。「まだ作りかけで、完成していないんです」

「自分で作った曲？　とても才能がおありになる。あの曲、もう一度歌ってくださらないかしら。さっきみたいに」

「いずれ君がレコーディングすることになったら、プロデューサーに絶対に言わないといけないよ」と男が言った。「こういうサウンドにしてくれと言わないと……」そして、自分の背後、ぼくらの目の前に広がるヘレフォードシャーに向かって腕を振った。「これが望むサウンド、必要な聴覚環境だと言わないと。そうすれば、今日、私たちに聞こえたとおりの歌が聞き手の耳に届く。丘を下る途中、風に乗って聞こえてきた歌が……」

「もちろん、もう少しはっきりね」と女が言った。「だって、あのままじゃ、聞き手に言葉がわからないもの。でも、ティーロの言うとおり。戸外を感じさせる必要があるわね。大気とこだま……」

なんだかはしゃぎ過ぎに思えた。まるで、丘で第二のエルガーに出くわしたみたいな興奮ぶりだ。だが、最初に抱いた疑いなどどこへやら、ぼくは二人に好意を持ちはじめていた。

「まあ、ほとんどの歌はここで書いていますから」とぼくは言った。「この場所の何かが歌に乗り移って不思議じゃないです」

「なるほど」と二人は同時に言い、女がつづけた。「あなたの音楽、出し惜しみしないでわたしたちにも分けてくださいな。すてきな音楽ですもの」

「それほどおっしゃるなら」と言い、とりあえずギターを掻き鳴らしてみた。「じゃ、一曲歌います。未完成のあれじゃなくて、別のやつをね。でも、そんなふうにのしかかるみたいに立たれていたら、歌いにくいですよ」

「これは失礼」とティーロが言った。「ちょっと無神経だったか。ゾーニャと私はいろいろな場所で演奏するもので——不思議な場所、難しい条件下でね——だから、他のミュージシャンの思いに無神経になる嫌いがある」

男は辺りを見回し、小道のわきに短く生えている草むらに行って、ぼくに背を向けると、麓《ふもと》の風景を見るように腰を下ろした。ゾーニャもぼくに励ましの笑顔を見せてから、夫の横に行ってすわった。すぐに夫の腕が妻の肩に回され、妻の体が夫に寄りかかった。ぼくなどもういないも同然。二人の男女が田園風景の夕べを眺めながら、甘いひと時を過ごしているような雰囲気になった。

「じゃ、行きます」ぼくはそう言って、いつもオーディションで最初にやる歌を歌いはじめた。地平線に向けて歌いながら、ときおりティーロとゾーニャを盗み見た。顔こそ見えないが、互いに寄り添う二人の後ろ姿には少しもそわそわしたところがなく、聞こえてくる音を心から楽しんでいる様子が伝わってきた。歌い終わると、二人が振り返り、大きな笑顔で拍手した。丘に拍手がこだました。

「すてき」とゾーニャが言った。「すばらしい才能ね」

「ブラボー、ブラボー」とティーロが言った。

ぼくはちょっと気恥ずかしい思いがして、しばらくギターをいじりつづけた。ようやく目を上げると、二人はまだ地面にすわっていたが、ぼくのほうに向きを変えていた。

「じゃ、あなた方はミュージシャンなんですか」とぼくは尋ねた。「つまり、プロの?」

「そう」とティーロが言った。「プロと名乗ってもいいかな。ゾーニャと私でデュオをやる。ホテルやレストラン、結婚式やパーティでね。ヨーロッパ中で演奏するが、スイスとオーストリアでやるのが一番好きだな。それで生計を立てているという意味では、そう、プロだね」

「でも、二人とも音楽を信じているから演奏する――それが第一よ」とゾーニャが言った。「見たところ、あなたもそうみたい」

「自分の音楽が信じられなくなったらすぐやめますよ。躊躇《ちゅうちょ》なくね」とぼくは言った。

「ぼくもプロでやりたいですね。きっとすてきな人生だと思う」

「そう、すてきな人生だ」とティーロが言った。「いまの仕事ができて、とても幸運だと思っている」

「あの……行きましたか」とぼくは尋ねた。ちょっと唐突だったかもしれない。「例の民宿？」

「これは失礼した」とティーロが大声で言った。「君の音楽に夢中で、お礼を言うのをすっかり忘れていた。うん、行ってみたよ。私たちの望んだとおりの宿だった。運よく、まだ空いた部屋もあってね」

「そう、望みどおりの宿」とゾーニャも言った。「ありがとう」

ぼくはしばらくコードが気になっている振りをした。それから、できるだけさりげなく「考えてみたら、他にも知っているホテルがありました」と言った。「モールバンロッジよりいいホテルなので、替えたほうがいいかもしれません」

「ほう。だが、もう荷物を解いてしまった」とティーロが言った。「それに、望んでいたとおりの宿だしね」

「ええ、でも……あの、実を言うと、さっきホテルのことを聞かれたとき、あなた方がミュージシャンとは知らなくて、てっきり銀行家か何かだと思って……」

二人は、ぼくが何かとてつもない冗談を言ったみたいに笑い出した。笑い終えてティーロが言った。

「いやいや、残念ながら。そうだったら、と思ったことは何度もあるがね」

「つまりですね、芸術家タイプの人にはもっと適したホテルがあるんです」とぼくは言った。「初対面の人にホテルのことを聞かれても、相手のことを知らないで教えるわけですから、なかなか難しくて……」

「心配してくれてありがとう」とティーロが言った。「だが、もう忘れてくれたまえ。私たちにはあそこがぴったりだ。それに、銀行家だろうと音楽家だろうと人間は人間。たいして変わらない。人生に望むものは最後には同じだ」

「それはどうかしらね」とゾーニャが言った。「たとえば、わたしたちのこの若いお友達。この方は銀行家になるつもりはない。別の夢をもっていらっしゃる」

「そうかもしれないな、ゾーニャ。それでも、ホテルはあれで十分じゃないか?」

ぼくはギターに覆いかぶさるようにして、別のフレーズを練習した。しばらく誰もしゃべらなかった。「で、どんな音楽をやるんですか」とぼくから尋ねてみた。

ティーロは肩をすくめた。「ゾーニャと私はいくつかの楽器ができる。二人ともキーボードをやるし、私はクラリネットが好きだ。ゾーニャはすぐれたバイオリニストで、歌もすばらしい。一番やりたいのはスイス民謡だね。それを現代風にアレンジしてやる。ときには、過激と言われるようなアレンジをする。同様の方向を目指した偉大な作曲家からインスピレーションを得ること多々だ。たとえばヤナーチェクとか、お国のボーン・ウィリアムズとかね」

「でも、いまは……」とゾーニャが言った。「いまは、あまりそういう音楽をやらないわね」

一瞬、二人が顔を見合わせ、その視線の交錯に何やら張り詰めたものを感じたが、ティーロの顔にはすぐにいつもの笑みが戻った。

「そう、ゾーニャの言うとおり、実際には聴衆が一番喜んでくれそうなものをやる。それがほとんどだ。だから、ヒットソングをやるね。ビートルズに、カーペンターズ。もっと最近のものも取り入れる。演奏していて、とても楽しい」

「ＡＢＢＡは？」ぼくは何気なく言って、すぐに後悔した。だが、ティーロは少しもからかいとはとらなかったようだ。

「うん、ＡＢＢＡもやる。《ダンシングクイーン》は、いつも受ける。実はね、《ダンシングクイーン》では私もちょっと歌うんだ。ちょっとハモるだけだがね。ゾーニャがばらす前に言ってしまうが、私の歌声はひどいものだ。だから、客の食事中、食べている真っ最中を狙ってやる。そうすれば、歌がひどいからって逃げ出す人はいない」

そして例の大声で笑い、つられるようにゾーニャも笑ったが、こちらはさほど大きな声ではなかった。パワーサイクリングを楽しむ人が、真っ黒なウェットスーツ様のものに身を包んで目の前を走り抜けていった。しばらくの間、ぼくらは猛スピードで小さくなっていくその姿を見やった。

「スイスには一度行ったことがあります」とぼくは言った。「二年前の夏にインターラーケンへ。そこのユースホステルに泊まりました」

「ああ、インターラーケンね。美しい場所だ。観光客の町だ、なんて小ばかにするスイス人もいるが、ゾーニャと私には演奏していていつも楽しい場所だ。夏の夕方のインターラーケン。世界中から来た幸せな人々。その前で演奏するのは、とてもいい気分のものだ。君もインターラーケンを楽しんでくれたのならいいが……」

「ええ、もちろん」

「インターラーケンには、毎年、夏の数晩だけ私たちが演奏するレストランがあるんだ。夏の夜だから、当然、テーブルは野外にしつらえてある。そのテーブルと向き合うように大きな天蓋《てんがい》が置かれていてね、私たちはその下で演奏する。観光客が星空の下で食べたりおしゃべりしたりしているのを見ながら演奏する。観光客の背後には広い野原があって、昼間はパラグライダーの着陸用に使われているんだが、夜には、ここがヘーエベーク沿いの明かりでライトアップされる。そして野原のさらに向こうには、そう、のしかかるようにアルプスの山々がそびえている。アイガー、メンヒ、ユングフラウ……稜線《りょうせん》が見える。大気は心地よいほどに暖かくて、私たちの奏でる音楽で満ち満ちている。あそこで演奏するたびに、ありがたいと思うよ。そう、こういう仕事でよかったと思う」

「去年、そのレストランで演奏したときにね……」とゾーニャが言った。「支配人がわたしたちに民族衣装を着せたんですよ……とても暑い夜だったのに。着心地が悪くて、だから、いらないのでは？　って支配人に言ったの。何もこんな分厚いベストを着て、スカーフ巻いて、帽子をかぶらなくても、って。ブラウスだけで十分スイスらしいし、見栄えもいいし、って。でも、だめ。民族衣装で演奏するか、全然演奏しないか、二つに一つだ。好きにしろ——そう言い捨てて、支配人は行ってしまった」

「でもな、ゾーニャ、どんな仕事でも同じだ。必ず制服ってものがあって、雇い主は従業員にそれを着せる。銀行だってそうだ。少なくとも、私たちの場合はスイス文化の一部、スイスの伝統の一部だ。信じられるものの一部だろう？」

ぼくはまた二人の間に気まずい何かを感じたが、ほんの一秒か二秒の間だ。二人ともすぐに視線をぼくのギターに戻し、にこりと笑った。何となく、ぼくは何かを言ったほうがいいと思った。

「楽しいだろうなと思いますよ、いろいろな国で演奏できたらね。聴衆を強く意識するぶん、感覚も鋭くなるでしょうし」

「ああ」とティーロが言った。「いろいろな人の前で演奏するのはいいことだ。それもヨーロッパだけではないからね。あちこち回って、多くの町に親しんできた」

「たとえば、デュッセルドルフ」とゾーニャが言った。いままでとはどこか違い、声音にやや硬さがあった。さきほどカフェで出会った女がまた現れたような感じがした。だが、ティーロは何も気づかなかったようで、呑気《のんき》な口調でこう言った。

「デュッセルドルフには息子がいるんだ。君ぐらいの年か、もう少し上かな」

「今年になってデュッセルドルフに行ったんですよ」とゾーニャが言った。「演奏の仕事が入って。それも、いつものと違って、ほんとうの音楽を演奏できる仕事が。だから息子に——一人息子に——電話をしたんです。おまえの町に行くよ、って。息子は電話に出ない。しかたなく留守電に伝言を残しました。何度も何度もね。でも、何も言ってこない。デュッセルドルフに着いて、また伝言を入れました。着いたよ、いまデュッセルドルフよ……。なのに息子は無言のまま。ティーロは心配するなって言う。今夜のコンサートには来るさ、って。でも、来ない。わたしたちは演奏して、次の町へ、次の演奏会場へ、移動しました……」

ティーロがくすりと笑った。「ペーターは、成長過程で私たちの音楽を聞きすぎたんだ。かわいそうに。毎日毎日リハーサルを聞かされて育ったからな」

「難しいんでしょうね」とぼくは言った。「子供を育てながら音楽をやるっていうのは」

「子供は一人だけだ」とティーロが言った。「だから、さほどではなかった。それに運もよかった。演奏で遠くに行くとき、一緒に連れていけなければ、ペーターの祖父母が喜んで引き受けてくれた。少し大きくなってからは、いい寄宿学校にやれた。このときも祖父母の力が大きかったな。私たちだけでは授業料や寄宿費用を払えなかったろうからね。だから、私たちは運がよかった」

「そう、運がよかった」とゾーニャが言った。「ペーターがその学校を毛嫌いしたことを除けば」

さきほどまでのよい雰囲気が徐々に重苦しく変わりつつあった。ぼくはそれをなんとか食い止めようとした。「とにかく、お二人が仕事を楽しんでいらっしゃるようで何よりです」

「ああ、仕事は楽しい」とティーロが言った。「私たちのすべてだ。それでも、たまには休暇もいいものだ。実はね、こんなにちゃんとした休暇がとれたのは三年ぶりなんだ」

聞いて、またとても申し訳ない気分になった。ホテルを替えるよう、もう一度勧めてみようかとも思ったが、いまそんな話を持ち出すことはいかにもそぐわない。もう、フレーザー婆さんが真面目に客商売をやってくれるよう願うしかない。ぼくはこう申し出てみた。

「あの、よければ、さっきの作りかけの曲、やってみましょうか。未完成の作品を人前でやることはないんですけど、一部はもう聞かれてしまったわけだし。出来ているところまで聞いてもらえますか」

ゾーニャに笑顔が戻り、「もちろん」と言った。「お願いするわ。とても美しい曲でしたもの」

ぼくが準備をしている間に、二人はまた向きを変えた。景色と向き合い、背中をぼくに向けているのはさきほどと同じだが、今度は互いに寄り添ってはいなかった。どちらも背すじを驚くほどまっすぐ伸ばし、片手を眉の辺りにかざして日の光をさえぎりながら、草の上にすわっていた。歌がつづく間、その姿勢はずっと崩れなかった。不自然なほど動かず、夕陽を受けて影が長く伸びていたこともあって、なんだか一対《いっつい》の美術品のように見えた。歌が未完の末尾で揺れながら終わってからも、二人はしばらく動かなかった。やがて緊張の姿勢を解いて拍手をしたが、その拍手にはさきほどのような熱がこもっていなかった気もする。ティーロは立ち上がり、褒め言葉をつぶやきながら、ゾーニャに手を貸して立たせた。ぼくは見ていて、あらためて二人が相当な年配であることに気づいた。もちろん、ぼくと出会うまでにかなり歩いていたのは間違いないから、ただ疲れていただけなのかもしれない。だが、そうであっても、二人は立ち上がるのに苦労しているように見えた。

「とても楽しかったよ」とティーロが言った。「私たちが観光客になって、君の演奏で楽しませてもらったわけだ。たまには立場逆転もいいものだな」

「完成したのをぜひ聞きたいものだわ」とゾーニャが言った。本気のように聞こえた。「ある日、ラジオから流れてきたりして……ありうるわよね」

「ああ」とティーロがうなずいた。「そして、ゾーニャと私でカバーバージョンをやって客に聞いてもらう」大きな笑い声を空気中に響かせてから、小さく丁寧に頭を下げた。「今日は三度も君のお世話になった。すばらしいランチに、すばらしいホテル案内に、丘の上でのすばらしいコンサート」
　別れ際に、ぼくはほんとうのことを言いたい衝動に駆られた。この辺で最悪の民宿をわざと紹介したことを白状し、間に合ううちにほかへ移るように注意したかった。だが、親しげにぼくと握手する二人を見ていると、とてもそうはできなかった。二人は丘を下っていき、ぼくはベンチでまた独りきりになった。

　丘から戻ってきたとき、カフェはもう店じまいしていた。マギーとジェフは疲れきっているように見えた。今シーズンで一番忙しい日だったとマギーは言い、それが嬉しそうだった。だが、ジェフは違った。その日の残り物で夕食をとっていたとき、同じく忙しさに触れながら、こんなに忙しい思いはごめんだ、とぼくにぼやいた。手伝いの君はいったいどこにいたのか……。マギーからも、ぼくが午後をどう過ごしていたのかを聞かれた。ティーロとゾーニャを持ち出したら話が複雑になるだけだと思い、二人のことは伏せて、シュガーローフヒルに行って曲作りをした、とだけ言った。進んだかとマギーが尋ね、ああ、とぼくが答えた。とても調子よく進んだ……。ジェフが立ち上がり、皿にまだ食べ物が残っているのに、そのまま不機嫌そうな顔つきで出ていった。マギーは気がつかないふりをしていた。数分後、缶ビールを手にジェフが戻ってきて、またテーブルにつき、あまり口もきかずに新聞を読みはじめた。姉と義兄との間に、ぼくが原因で波風が立つのはごめんだ。ぼくはさっさと夕食を終え、部屋に引き上げて、また歌作りをつづけることにした。

　ぼくの部屋は、日中こそインスピレーションの源泉となるが、暗くなると魅力は半減する。第一、カーテンがちゃんと閉まらない。だから、暑くて息苦しいからといって、うっかり窓を開け放つと、数マイル四方の虫どもがぼくの部屋の明かりを見て、一斉《いっせい》に突進してくる。その明かり自体も問題だ。天井のロゼットから一個の裸電球がぶら下がっているだけで、部屋中に陰気な影を作る。もともとが予備の客室だが、〝予備〟の二文字をいっそう強く感じさせる。その晩、ぼくは心に浮かぶ歌詞をすぐに書きつけられるよう、仕事ができるだけの明かりがほしいと思ったが、結局、部屋があまりに息苦しく、思い切って電気を消して、カーテンと窓を大きく開け放った。そして、日中やるように、ギターを持って出窓にすわった。

　一時間ほどそうしていたと思う。転調のためのパッセージをあれこれと試していると、ドアにノックがあって、マギーが顔を覗かせた。もちろん、部屋の中は真っ暗だが、地上のカフェテラスには保安灯があって、そこからの光でマギーの顔がぼんやりと見えた。顔に申し訳なさそうな曖昧な笑いがあるのを見て、ぼくは、さては手伝いの頼みだなと思った。何の仕事だろう……。マギーは部屋に入り、ドアを後ろ手で閉めて、こう言った。

「すまないけどね、ジェフがとってもくたびれてるの。忙しかったからね。で、ゆっくり静かに映画を見たいって言うんだけど……？」

まるで何かを尋ねているような言い方だった。だから、要するにギターをやめてほしいのだと気づくまでに、しばらく間があった。

「でも、いま重要なところなんだ」とぼくは言った。

「わかってる。でも、ほんとうにくたびれていて、ギターの音がするとゆっくりできないんだって」

「ジェフには仕事があるだろうよ。でも、ぼくにもあるんだ。ジェフにはそれを知ってほしいな」

姉はぼくの言葉をしばらく考えているようだった。大きな溜息をついた。「それは、ジェフに言わないでおくことにするわ」

「なぜ？　なぜ言わないの？　ぜひ伝えてよ」

「なぜって、伝えてジェフが喜ぶとは思えないから。それが理由よ。それに、自分の仕事とあなたの仕事が同じレベルにあるなんて、絶対に受け入れないと思うから」

ぼくは声もなく、しばらくマギーを見つめていた。そして、「何を言ってるんだ」と言った。「なぜ、そんなばかげたことを言うんだい」

マギーは疲れたように首を横に振り、何も言わなかった。

「なぜそんなばかげたことを……。わからない。ちょうど調子が上がってきたのに……」

「調子が上がってきた……そう」マギーは暗がりの中でぼくを見つめつづけた。「よかったじゃない……あなたと言い争うつもりはないわ」と最後に言い、ぼくに背中を向けてドアを開けると、「気が向いたら下りてきて。一緒にテレビでも見ましょう」

そう言って、出ていった。

ぼくは怒りで身体をこわばらせ、閉じたドアをにらみつけた。階下からテレビのくぐもった音声が聞こえてきた。激しい怒りの中でも、ぼくの脳にはどこか冷静な部分があって、この怒りはマギーでなくジェフに――ここに来てから、ことあるごとにぼくの邪魔をしてきたジェフに――向けられるべきであることがわかっていた。だが、ぼくはいま姉に怒っていた。ここに来てかなりになる。その間、一度でもぼくの歌を聞きたいと言ったことがあったか。ティーロやゾーニャでさえ言ってくれたのに。姉としてそのくらい言ってくれてもいいではないか。自分だって十代のころは音楽に夢中だったくせに。忘れたとは言わせないぞ。その姉がばかなことを言いにきて、歌を書こうとしているぼくの邪魔をする。姉の「よかったじゃない……あなたと言い争うつもりはないわ」と言ったときの口調を思い出すたび、新しい怒りが湧き上がり、体中を駆け巡った。

ぼくは窓枠から下り、ギターを置いてマットレスに倒れこむと、しばらく天井の模様を眺めていた。はっきりわかったように思った。ぼくはここに招かれたというより、忙しい季節に合わせておびき寄せられたのだ。狙いは安い労働力。いや、一銭も払わずにすむただ働きのばかか。ぼくが何を成し遂げようとしているか、頭の弱いあの亭主はもちろん、姉にもわかっていない。このまま何も言わずロンドンに戻ってしまおうか。二人は慌てふためいて右往左往するだろう。自分がまいた種、いい気味だ……。ぼくはしばらくそんなことばかり考えつづけた。一時間ほどして少し落ち着き、今夜はもう寝ようと思った。

翌朝、ぼくはいつもどおり朝食の混雑が終わってから下りていき、姉ともジェフともあまりしゃべらなかった。トーストを焼いてコーヒーをいれ、スクランブルエッグの残りを勝手にとって、カフェの隅のテーブルに持っていった。食べている間、また丘に行けばティーロとゾーニャに会えるかな、という考えが何度も浮かんだ。会えば、今度こそフレーザー婆さんの民宿のことで文句を言われる危険があるが、なぜか、それでもいいから会いたいと思った。フレーザー婆さんの民宿がいくらひどくても、ぼくが悪意から勧めたとは思うまい。逃げ道はいくらでもある。

マギーとジェフは、たぶん、昼食の混雑時になればぼくが手伝ってくれると思っていただろう。だが、ぼくは二人に思い知らせることにした。いつも思いどおりになると思ったら大間違いだ。朝食後、ぼくは部屋に戻り、ギターを持って裏口から抜け出した。

またとても暑い日になった。ベンチにつづく小道を上っていくと、汗が頰《ほお》を滴《したた》り落ちた。朝食のときはティーロとゾーニャのことを考えていたのに、丘を上りはじめてからはすっかり忘れていた。だから最後の坂を上りながらベンチの方向を見たとき、そこにゾーニャがぼんやりすわっているのを見つけて、とても驚いた。ゾーニャはすぐぼくに気がつき、手を振ってきた。

ぼくはゾーニャにまだ警戒心を捨てきれない。ティーロがいないとなればなおさらだ。同席は気が進まなかったが、ゾーニャは大きな笑みを浮かべ、体をずらした。わざわざ場所を空けてくれたのでは、すわらないわけにいかない。

ぼくらは挨拶を交わしたのち、並んですわり、しばらく黙っていた。最初はさほど不自然なことではなかった。ぼくの呼吸がまだ荒かったこともあるし、眼前の景色がすばらしかったこともある。前の日よりかすんで、雲も多かったが、目を凝らせばウェールズとの境の向こうにブラックマウンテンズが見えた。風は強かったが、不快なほどではなかった。

「で、ティーロは?」とぼくはようやく尋ねた。

「ティーロ? ああ……」ゾーニャは手をかざしてしばらく見ていて、指差した。「あそこ。見える? あれがティーロ」

遠方に人影が見えた。もとは緑色だったと思しきTシャツを着て、白いサンバイザーをかぶり、隣の丘、ウスタシャービーコンに向かって小道を上っていくところだった。

「上りたいんですって」とゾーニャが言った。

「一緒に行かなかったんですか」

「ええ。わたしはここがいい」

今日のゾーニャは……もちろん、カフェにいた怒る客ではなかったが、かといって、ぼくの曲作りを温かく応援してくれた昨日のゾーニャでもなかった。何かある、と思った。フレーザー婆さんだろう。ぼくは責められることを覚悟し、守りの態勢を準備しはじめた。

「昨日のあの歌、あれから少し進みました」と言った。「歌ってみましょうか」

ゾーニャは少し考えてから、「ごめんなさい」と言った。「いまはちょっと……。気を悪くしないでね。実は、いまティーロとあることで話し合ったの。言い争いとも言うわね」

「ああ……なるほど」

「で、あの人は独りで行ってしまった」

ぼくらは、また黙り込んだ。やがて、ぼくは溜息をつき、「ぼくのせいなんでしょうね」と言った。

ゾーニャは横を向いて、ぼくを見た。「あなたのせい？　なぜ？」

「あなた方の喧嘩の理由。せっかくの休みが台無しになってしまった理由。ぼくのせいです。原因はあの民宿でしょう？　あまりいい宿じゃなかった、ね？」

「民宿？」ゾーニャは不思議そうな顔をした。「あの民宿は……確かに完全ではないけれど、ほかだって似たり寄ったりですよ」

「でも、目についたでしょう？　あの欠点、この欠点……気づかないはずがない」

　ゾーニャはしばらく考えていて、うなずいた。「そうね。欠点……確かに見えた、わたしには。でも、ティーロには見えない。ティーロにはすばらしい民宿。運がいい、こんな民宿に泊まれるとは運がいい……そればっかり。そして今朝の朝食。ティーロにはすばらしい朝食、最高の朝食。だから、わたしは言いました。ティーロ、ばかなことを言わないで。この朝食のどこが、この宿のどこが、すばらしいの。するとティーロはどう？　いや、いや、私たちは運がいい……。わたしは怒りました。宿の女将《おかみ》を呼んで、あれもこれも、悪いところを全部言ってやりました。ティーロは慌てました。私を女将から引き離し、散歩に行こう、外に出れば気分もよくなる。ここへ来たのはそういうわけ。ゾーニャ、見てごらん、とティーロは言う。あの丘を。なんて美しいんだ。ね？　休暇にこんな場所へ来られて、私たちはなんて運がいいんだ。ここの丘は、エルガーを聞きながら想像していたよりずっとすばらしいじゃないか。そう思わないかい？　聞かれて、わたしはまた怒りましたよ……たぶん。こんな丘のどこがすばらしいの？　こんなのは、わたしがエルガーを聞いて想像する丘じゃない。エルガーの丘はもっと壮麗で神秘的。ここにあるのはただの公園よ……。今度はティーロが怒る番。それなら、これからは独りで歩く。おれたちはもう終わりだ。いまじゃ何一つ意見が合わない。そうだ、ゾーニャ、君とおれとはもう終わりだ。そして、さっさと行ってしまう。ね？　あの人があそこにいて、わたしがここにいるのはそういうわけ」ゾーニャはまた手をかざして、丘を上るティーロを見やった。

「何と言っていいか……」とぼくは言った。「ぼくがあんな民宿さえ紹介していなかったら……」

「いいえ、民宿はたいしたことじゃないの」ゾーニャは、ティーロがもっとよく見えるよう、身を乗り出すようにした。次にぼくのほうを向き、にこりと笑った。目にちょっと涙が見えたような気がした。「それで、今日はまたいくつか曲を書くの？」

「そのつもりです。少なくとも、いまやっているやつを終わらせないとね。昨日あなた方に盗み聞きされたやつを」

「あれは美しい歌。それから何をするの？　ここで歌を書き終えたら？　何か計画はあるの？」

「ロンドンに戻って、バンドを作ります。それなりのバンドを作らないと、歌が生きませんから」

「わくわくするわね。幸運を祈りますよ」

ぼくは少し間をおき、「でも、結局、やらないかもしれません」とそっと言った。

「ご存じのとおり、簡単なことじゃありませんから」

ゾーニャは答えず、また前を向いてティーロを見やった。聞こえなかったのかな、とぼくは思った。

「あのね」と、やがてゾーニャが言った。「若いころのわたしは、何があっても腹など立たなかった。でも、いまじゃ怒ってばかり。なぜ？　わからないけど、いいことじゃないわね……。さて、ティーロはここに戻りそうにないから、わたしは宿に帰って待つことにしましょう」ゾーニャは遠くの人影を見つめたまま、立ち上がった。

「お気の毒です」そう言いながら、ぼくも立ち上がった。「せっかくの休暇に喧嘩なんて。昨日、ぼくが歌っていたときは、お二人ともとても幸せそうだったのに」

「そう、すてきな瞬間でした。あなたにお礼を言わなくてはね」突然、ゾーニャはぼくに手を差し出して、にこりとした。「あなたに出会えて幸運でした」

ぼくらは握手をした。相手が女性のときにやる、手にあまり力を入れない握手だ。ゾーニャは歩き出して、また止まり、ぼくを見た。

「ティーロがここにいたら、きっと悲観的になるなと言うでしょう」とゾーニャは言った。「もちろん、ロンドンへ行け。行ってバンドを作れ。そう言うでしょう。もちろん、君は成功する……。ティーロならそう言う。それがあの人の生き方だから」

「あなたなら何と？」

「同じことを言いたいわね。あなたは若いし、才能があるもの。でも、強くは言えない。人生は落胆の連続だというのが現実ですもの。加えて、そういう夢がある人は……」ゾーニャはまたにこりとして、肩をすくめた。「いえ、こういうことは言うべきじゃないわね。わたしなんか、とてもお手本にならない。それに、あなたはずっとティーロに似ている。落胆することがあっても、あなたはへこたれない。ティーロ同様、ぼくは運がいい、で通すと思う」ゾーニャは言い終わって、しばらくぼくを――まるで心に刻み込むように――見つめつづけた。風で髪が乱れ、昨日より老けて見えた。

「あなたに幸運を祈りますよ」最後にそう言った。

「あなたにも」とぼくは言った。「それに、お二人が仲直りしますように」

ゾーニャは最後にもう一度手を振り、小道を下って、ぼくの視界から消えた。

ぼくはケースからギターを取り出して、ベンチに腰かけた。だが、しばらく何も弾かずに、遠くを見ていた。ティーロの小さな姿がウスタシャービーコン目指して坂を上っていた。丘のその部分の日当たりがいいせいなのか、さきほどより遠いはずなのに、ティーロの姿はずっとはっきり見えた。いま立ち止まり、周囲の丘を見渡している。ほんとうに高評価に値する丘かどうか、あらためて確認しているかのようだ。やがて、小さな姿はまた前進を始めた。

ぼくはしばらく曲作りをつづけたが、なかなか集中できなかった。今朝、ゾーニャに苦情を並べ立てられたとき、フレーザー婆さんはどんな顔をしただろう——それを考えずにいられなかったからだ。ぼくは雲を見上げ、眼下に広がるヘレフォードシャーを眺めた。そして、歌のことを考えろ、と自分に命じた。まだしっくりこないパッセージのことを……。

夜想曲 *Nocturne*

　二日前まで、おれはリンディ・ガードナーのお隣さんだった……なんて言うと、おい、ビバリーヒルズかよ、と思うかもしれない。映画プロデューサーか？　俳優か？ミュージシャンか？……まあ、ミュージシャンではある。ただ、名のある歌手の伴奏をしたことも一、二度あるが、世間的にはメジャーと呼ばれる存在ではない。それでも、長年の友人、マネージャーのブラッドリー・スティーブンソンに言わせると、メジャーになる素質は十分なんだそうだ。「それも、メジャーなスタジオミュージシャンってんじゃないぞ。大スターだ。サックス奏者が花形になれる時代じゃない？　誰が言った。マーカス・ライトフットにシルビオ・タレンティーニに……」おいおい、待てよ。みんなジャズ奏者じゃないか。「おい、おまえこそジャズ奏者じゃなくて何なんだ」ブラッドリーはそう言う。だが……ジャズ奏者？　そんなのはおれが夢のまた夢の中で見ている話だ。現実の世界では――もちろん、いまみたいに顔を包帯でぐるぐる巻きにされてないときは、だが――ちょい役のテナー吹きにすぎない。スタジオではけっこう重宝がられる。メンバーが抜けたバンドからも声がかかる。ポップスいけるか？　もちろん。R&Bは？　いいともさ。車のコマーシャルでもトーク番組の出演者登場テーマでも、何でもござれ。だが、ジャズ奏者？　そんなのは、おれが〝個室〟にいるときに限られる。

おれだって、ほんとうは広い居間で吹きたい。だが、安普請《やすぶしん》のアパートでそんなことをしたら、住人全員から袋叩きにされる。だから、しかたなく一番小さな部屋を練習室に改造した。ありていに言えばクロゼットだ。そこに事務用の椅子を持ち込んで、防音にあれこれ工夫をこらした。ウレタンフォームに、卵パックに、ブラッドリーの事務所からもらってきた古いクッション封筒の束。これをふんだんに使った。女房のヘレンは――まだ一緒に住んでいたとき――おれがサックスを手に〝個室〟に籠もるたび笑ったものだ。トイレに入るみたい、と言った。確かにそんな気分になることもある。つまりだ、風通しの悪い小部屋にすわって、個人的な用を足すことに専念するのは同じだろ？　誰も近づきたがらないところも同じだ。

もう言うまでもなかろう。そう、あのリンディ・ガードナーがそんなアパートに住んでいるわけがない。おれがうっかり〝個室〟の外でサックスを吹くたび、ドアをがんがん叩きにくる隣人は多いが、リンディはその一人ではない。お隣さんだったというのは全然違う話で、これからそれをお聞かせしようというわけだ。

おれはいま高級ホテルの一室にいる。二日前まで、おれと同じく顔を包帯でぐるぐる巻きにしたリンディが隣の部屋にいた。だが、この近くに大きな自宅を持っているそうで、二日前、そこにヘルパーを雇い、ボリス医師の許可をもらって帰っていった。純粋に医学的見地からすれば、たぶんもっと早く帰れたはずだが、そこはそれ、いろいろな事情がある。まず、自宅を張っているカメラマンや芸能記者だ。これを避けるのが難しい。さらに、おれの直観だと、ボリス医師の輝かしい名声は、百パーセント合法的な手段によるものではない。だからこそ、このホテルのオフリミット階に患者を隠し、正規のホテル従業員や一般客から切り離している。患者にも、必要不可欠なとき以外部屋を出るな、と指示している。すべての目隠しを取っ払えば、このホテルで一週間に目撃できるスターの数なんて、シャトーマーモントでの一カ月を優に上回るはずだ。

おれはスターでも億万長者でもない。では、なぜこんな場所に紛《まぎ》れ込んで、超一流の医者に顔を変えてもらったのか。始まりはマネージャーのブラッドリーだったと思う。やつ自身、マネージャーとしてメジャーとは言いがたいし、顔の造作《ぞうさく》だっておれと似たり寄ったりだ。ともにジョージ・クルーニーには程遠い。やつが数年前に言い出して、最初は冗談半分だった話が、繰り返すたびにどんどん真剣になっていった。ブラッドリーの主張は、要するに、おれが醜男《ぶおとこ》だってことだ。おれがメジャーになれない理由はそれだ……。

「マーカス・ライトフットに、クリス・ブゴスキー。タレンティーニもだ。おまえみたいに専売特許の音色《ねいろ》を持ったのがいるか？　おまえの繊細さ、おまえの構想力、おまえのテクニック——半分でも持ってるやつがいるか？　いない。だが、あいつらは顔がいい。だから黙っててもドアが開く」

「ビリー・フォーゲルは？」とおれは言った。「おそろしく醜いが、けっこうやってるぞ」

「醜男は醜男だが、あれは悪人面でセクシーだからな。対しておまえのは退屈な醜さだ。どんくさいんだよ、スティーブ。醜さの種類を間違った。そこでだ、少しいじろうと思ったことはないのかい。ちょっとメスを入れて、とかさ？」

おれは家に帰ってから、ヘレンに話して聞かせた。おれ同様、聞いて面白がってくれると思った。最初はそのとおり、ブラッドリーをおかずにして二人で笑い転げた。笑い終わって、ヘレンはおれの体に腕を回し、少なくともわたしには宇宙で一番ハンサムよ、と言った。だが、そのあと一歩下がって黙り込んだ。どうした、と言うと、別にどうもしないと答え、つづいて、もしかしたら、と言った。もしかしたら、ブラッドリーの言うことにも一理ある。少しいじることを考えてもいいかもしれない……。

「そんなふうに見ないでよ」とヘレンは怒鳴った。「みんなやってることじゃない。それに、あなたには職業上の理由だってある。かっこいいドライバーになりたかったら、かっこいい車を買うでしょ？　それとどう違うの」

だが、そのときはそれで終わった。自分が〝どんくさい醜男〟だという事実は受け入れても、それをどうにかしようという気はまったくなかった。第一、金がない。ヘレンが「かっこいいドライバー」云々と口走った時点で、わが家には九千五百ドルの借金があった。まったくヘレンらしい。いろいろな面でいい女だ。だが、わが家の財政状態など完全に頭から追い出して、新しい浪費の方途《ほうと》を探りはじめる……これぞ、わが女房ヘレンの真髄《しんずい》だ。

まあ、金のこと以上に、おれは誰かに切り刻まれるなんてまっぴらだ。そういうのには弱い。昔、ヘレンと付き合いはじめたころ、ジョギングに誘われたことがある。

ぴりっとした冬の朝だった。生来、走るのが得意というほうではないが、当時はヘレンにぞっこんで、点数を上げようと必死だった。さて、公園の周囲を走りはじめた。ヘレンのスピードに合わせて調子よく走っていたが、いきなり、地面から突き出している何か硬いものに蹴つまずいた。痛いことは痛かったが、堪えられないほどではない。でも、念のため見ておこうということになって、スニーカーとソックスをぬいだ。するとどうだ。親指の爪が肉から剝がれて立ち上がり、ヒットラー式の敬礼をしてるじゃないか。見たとたん、おれは吐き気がして気絶した。そういう男だ。だから、顔の整形なんぞに夢中になれるわけがない。

そして、もちろんポリシーの問題がある。おれは純粋芸術志向ではない。それは、さっき言ったことからわかってもらえると思う。金のためならじゃりんこ向けの音楽だって演奏する。だが、それとこれとは問題の次元が違う。おれにもまだプライドがあるってことだろう。ブラッドリーのたわごとに一つだけ真実があるとすれば、それはおれに才能があるってことだ。他人の二倍はある。だが、最近、才能の価値は下落気味だ。イメージや市場性、雑誌やテレビでの活躍、どのパーティに出て誰と昼飯を食ったか――そんなことが幅をきかせている。ああ、反吐《へど》が出る。ミュージシャンがなんでそんなゲームに付き合わねばならんのだ。最高の技術で最高の音楽を奏でる、

〝個室〟しかなくても腕を磨きつづける――それで十分じゃないのか。もしかしたら――ひょっとしていつの日か――真の音楽愛好家がおれのしていることを理解してくれるかもしれんだろう？　なんで美容整形が必要なんだ。

最初はヘレンも納得してくれたようで、この話題はそれきりになった――しばらくして、シアトルからさよならの電話がかかってくるまでは……。あなたと別れて、クリス・プレンダガストと一緒になります、と言った。プレンダガストってのはヘレンの高校時代からの知り合いで、いまワシントン州でレストランチェーンを展開し、繁盛している。おれも何回か会ったことがあるし、そういえば、うちに夕飯を食いに来たことも一度あった。だが、おれは何も疑わなかった。「個室の防音が完璧だったってことよ」とブラッドリーが言った。「どっちからの音も遮断するんだ」なるほど。

ヘレンとプレンダガストのことはあまり語りたくない。ただ、おれの包帯ぐるぐる巻きに大いに関係がある、とは言っておこう。西海岸を北上し、幸せなカップルのもとに怒鳴り込んだのか？　ライバルと大喧嘩のあげく、美容整形が必要になったのか……？　ロマンチックだが違う。そんないきさつじゃない。

何が起こったかというと、そのさよならの電話から数週間後のことだ。ヘレンが引越しの準備にアパートに戻ってきた。部屋の中を歩き回る姿が悲しそうだった。なんといっても、しばらく幸せな時を過ごした場所だ。きっと泣くぞ泣くぞと期待半分で思いつづけたが、結局、泣き出すことはなく、身の周りのものをきちんといくつかの山に積み上げた。一、二日中に人をよこす、と言った。そして、おれがサックスを持って〝個室〟に入ろうとすると、見上げて、静かな声で呼び止めた。

「スティーブ、そんなところに二度と入らないで。話したいことがあるの」

「話すって、何をだ」

「お願い、スティーブ」

おれはサックスをケースに戻して、二人でちっぽけなキッチンに行き、向き合ってテーブルについた。ヘレンの話はこうだ。

別れると決めたのは撤回しない。プレンダガストには高校時代から憧れていたから、一緒になれて幸せよ。でも、あなたを捨てていくのは気がとがめる。とくに、仕事がうまくいっていないこんなときに。だから、いろいろ考えて、彼と話し合ったの。彼もあなたには後ろめたい気持ちでいる……。で、〝彼〟はこんなことを言ったらしい。「ぼくら二人の幸せがスティーブの不幸の上にあるってのは、どうもね……」というわけで、ここからが提案だ。「彼がお金を出すから、街一番の美容整形外科医に顔を整形してもらうってのはどう？」おれがぽかんと見返すと、「ほんとよ」と言った。

「彼は本気。費用は惜しまない。入院費も回復期間中の生活費も全部もつ。最高の整形外科医を頼んでいい」顔さえ直せば、もう怖いものはない、とヘレンは言った。あなたは第一線に躍り出る。出ないわけがない。あなたの才能をもってすれば……。

「スティーブ、なぜぼけっとしてるの？　すごい申し出よ。いまうんと言っておかないと、六カ月後にも有効って保証はないのよ。だから、うんと言いなさい。自分にご褒美をあげなさい。二、三週間痛いのを我慢すれば、ヒューンって、もう木星の彼方よ」

十五分後、アパートを出ながら、ヘレンはずっときつい口調で言った。「要するに何なのよ。残りの一生、あのクロゼットで演奏してれば幸せってこと？　いつまでもどんくさくありたいってことなのね？」そう言って、去っていった。

次の日、おれは何かいい仕事の口がないか、とブラッドリーの事務所に行った。ついでに、前日のことを話して聞かせた。一緒に笑い飛ばすつもりだったのに、ブラッドリーはにこりともしなかった。

「そいつは金持ちか。最高の外科医を頼んでいいってか。じゃ、クレスポ……いや、ボリスもいけるかもな」

ヘレンに代わって今度はブラッドリーだ。この機会を逃すな、一生どんくさくある必要はないぞ……。おれは頭にきて、事務所を飛び出した。だが、アパートに帰ると、すぐブラッドリーが電話で追いかけてきて説得がつづいた。ためらうのは電話したくないからじゃないか、と言った。受話器を取り上げ、「このあいだの話、頼むよ。やりたい。君のボーイフレンドに小切手にサインしてもらってくれ」なんてヘレンに言いたくないんだろう。プライドが傷つくというなら、このブラッドリーがすべての交渉を引き受けようじゃないか……。けつに釘刺して死ね！　おれはそう言って電話を切った。だが、一時間後、ブラッドリーがまた電話をかけてきた。謎が解けた、と言った。おまえにも解けるはず。解けなきゃおかしい……。

「ヘレンの巧妙な計画なんだ。彼女の立場を考えてみろ。おまえを愛してる。だが、ルックスがセクシーじゃなくて、見せびらかすにはちょっと気がひける。その点をどうにかしてもらいたいのに、おまえは拒絶する。で、どうしたか。考えたすえの一手がすばらしい。デリカシーがあるな。プロのマネージャーとして頭が下がる思いだ。そうよ、男と出てったのよ。まあ、以前から惹かれるところはあったのかもしれん。だが、全然愛しちゃおらん。おまえの整形費用を払わせるだけが目的の男だ。だから、無事に整形がすめば、また戻ってくる。おまえはハンサムになってて、ヘレンはおまえの体にめろめろで、レストランで一緒のところを大衆に見てもらいたくてしかたがない……」

　おれはブラッドリーをさえぎり、長年の付き合いで慣れちゃいる、と言った。自分の仕事上の都合でおれに何かさせようとするとき、おまえがどんなに卑《いや》しくなれるかも心得てる。だがな、今度の策略は最低だぞ。おまえは深い穴の底の底、いまだかつて光なんか射したこともなくて、湯気の立ってる馬糞《ばふん》を放り込んでも一瞬にして凍りついちまう極寒の深みにはまった。ああ、馬糞で思い出した。おまえの性格が性格だから、年がら年中シャベルで馬糞掻きしてないと気がすまんのはよくわかる。だがよ、たまには一分でも二分でもいい、少なくともそのくらいはおれをだませる策略を考え出してみな……。そう怒鳴って、電話を切った。

　その後の数週間、仕事がどんどん少なくなっていくように思えた。何かないか、とブラッドリーに電話をかけるたび、やつはもごもごと「自ら助けざるものを助くるは、神でも難しい」というようなことを言った。最後には、おれもこの問題を現実的に考えざるをえなくなった。食っていかなければならん。その現実からは逃れられない。それに、これをやって、その結果おれの音楽がずっと多くの人の耳に届くようになるとしたら、そんなに悪いことか。いつの日か自分のバンドを持ちたいというおれの夢はどうなる。どうやったら実現する。

たぶん、ヘレンの申し出から六週間ほど経っていたと思う。ごくさりげなく、考え直してみるかな、とブラッドリーに言ってみた。とたんにスイッチが入った。やつは猛烈に動きはじめた。電話をかけまくり、手配をし、興奮のあまり怒鳴り散らした。交渉事を全部引き受けるという約束は、確かにきちんと守ったと認めよう。おれが恥を忍んでプレンダガストと言葉を交わすのはもちろん、ヘレンとさえしゃべる必要はなかった。ときには、切り札を持つのはこっちで、懇願するのが向こうのような、世紀の大仕事をまとめているという幻想さえ見させてくれた。ただ、その間も、おれは一日に何度も疑念に悩まされ、迷いつづけていた。

それは突然にやってきた。ブラッドリーが電話をよこし、ボリス医師の患者が一人ドタキャンしたそうだ、と言った。今日の午後三時三十分までにこれこれの住所に行け。入院のための荷造りはすんでるな……？　おれはこの電話で震え上がったと思う。気がつくと、電話の向こうでブラッドリーが怒鳴っていた。しっかりしろ、これから迎えにいってやる……。こうして、おれは車に乗せられ、くねくねした道を通ってハリウッドヒルズの大きな屋敷に到着し、すぐに麻酔をかけられた。まるでレイモンド・チャンドラーの小説の主人公だ。

そして二日後、ビバリーヒルズのこのホテルに連れてこられた。夜陰に乗じて裏口から入り、この特別フロアまで車椅子で運ばれた。特別も特別、なにしろホテル本体から完全に切り離されているフロアだ。

最初の一週間は顔が痛み、体に残る麻酔のせいで吐き気がした。眠るときは枕で体を支え、すわったまま眠る……ってことは、あまり眠れない。おまけにいつも部屋を暗くしておけと看護婦に言われ、おれは時間の感覚をなくした。いま何時なのか、まったくわからない。それでも気分は全然悪くなく、むしろ、うきうきとした昂揚感の中にいた。ボリス医師といえば、大勢の映画スターが俳優生命を託《たく》しに来る男だ。絶対に信頼できる。そして、おれこそが同医師の最高傑作になるだろう。おれのどんくさい顔を見たとき、医師の心の奥底で野心がめらめらと燃え上がらなかったか。そもそもなぜこの職業を選んだかを思い出さなかったか。持てる力のすべてを手術に注ぎ込んでくれたはずだ。包帯がとれたとき、おれはすっきりとした彫りの深い顔立ちになっている。野性味の残る、ニュアンスに富んだ顔だ。あれだけの評判のある医師だから、きっと本格的ジャズミュージシャンに必要な顔を慎重に検討してくれただろう。テレビのニュースキャスターと同じにするはずがない。多少憑《つ》かれたような感じも添えてくれたと思う。たとえば、若いころのデニーロ、ドラッグでいかれる前のチェット・ベイカー。おれは将来作るアルバムのことを考えた。バックバンドのラインアップを考えた。意気はあくまでも軒昂《けんこう》。手術に踏み切るのをぐずぐずとためらったことが、いまでは信じられなかった。

二週目になった。看護婦のグレイシーは、ブラインドを半分まで上げることを許してくれた。部屋に入る光が少しは増えたのに、薬の効き目が消え、気持ちがふさいできた。この身が孤独で安っぽく思えた。部屋の中を歩くことが許され、ドレッシングガウン姿でバング&オルフセンに次から次へCDを突っ込み、それを聞きながら絨毯《じゆうたん》の上を歩き回った。ときどき化粧台の前に立ち、鏡の中の奇怪なモンスターが、ぐるぐる巻きにした包帯の二つの穴からじっとにらみ返してくるのを見ていた。

リンディ・ガードナーのことを聞いたのはそんなときだ。お隣さんなんですよ、とグレイシーが教えてくれた。前の週、おれが昂揚状態にあるときだったら、それは歓迎すべきニュースだったろう。縁起がいい。未来におれを待ち受ける華やかな生活の予兆か！　とさえ思ったかもしれない。だが、二週目のおれは、どん底に向けてまっさかさまに落ちつつあった。聞いて、吐き気がするほどの嫌悪感に襲われた。そのときのおれにとってリンディ・ガードナーとは何者だったか。リンディの崇拝者にはとても申し訳ないが、この世の浅はかさと胸糞《むなくそ》の悪さを象徴する存在、その最たるものだった。まず、才能はないに等しい。演技できないことは実証済みだし、音楽に至っては才能があるふりすらできない。なのに、なぜか有名でありつづけ、テレビ局やけばけばしい雑誌が笑顔の争奪戦を繰り広げている。今年のいつだったか、本屋の前を通りかかったら、うねうねと人の長い列ができていた。スティーヴン・キングでも来ているのか？　いやいや、リンディ・ガードナーのサイン会だ。最新の自伝が出たんだそうだ。もちろん、ゴーストライターが書いたに決まってる。あの女がこれほど祭り上げられるのはなぜかと言えば、もちろん、例の方程式による。恋愛沙汰で騒ぎ、結婚で騒ぎ、離婚で騒ぐ――これだ。これが芸能雑誌の表紙やらトークショーやらに道を開く。最近ではレギュラー番組までもらった。名前は忘れたが、視聴者の相談に乗るという体《てい》の番組だ。「離婚後初めてのデートです。どんな服装で勝負すべきでしょうか」「どうも夫がゲイではないかと疑っています。どうしたらいいんでしょう」……。一般大衆はリンディの〝スター性の秘密〟を云々するが、おれに言わせれば秘密なんてない。テレビ出演の積み重ね、派手な雑誌の表紙を飾ることの積み重ね、プレミアショーやパーティで伝説的人物と腕を組んでいる写真の積み重ね。それに尽きる。その女が、いま、隣の部屋にいて、おれと同じくボリス医師の整形手術から回復しつつある。おれの道徳的堕落のひどさをこれほど象徴的に物語るニュースがあるだろうか。先週のおれはジャズミュージシャンだった。いまはリンディ・ガードナーの同類に成り下がった。リンディの後につづこうと――無意味なセレブの世界に這い上がろうと――もがいている情けないペテン師だ。

その後数日間は、本でも読んで過ごそうと思った。だが、集中できればこそ。包帯の下で顔のあちらがずきんずきんと痛み、こちらがむずむずとたまらなく痒《かゆ》く、おまけに暑さや閉所恐怖の感覚とも戦わねばならない。サックスを吹きたくてたまらないのに、いま吹くと顔が崩れる。顔の筋肉が圧力に堪えられるようになるまで、まだ何週間もかかる。それを思うと、さらに憂鬱になった。結局、CDを聞いては、楽譜を眺め（楽譜やリードシート入りのフォルダーを〝個室〟から持ってきていた）、アドリブを口ずさむ。それを繰り返すのが、一日をやり過ごす最善の方法だと見つけた。

二週目の終わりごろだったと思う。肉体的にも精神的にもやや回復しはじめていた。看護婦が意味ありげな笑いを浮かべ、おれに封筒を手渡した。「そうそうもらえるものではありませんよ」と言った。中身はホテルに備え付けの便箋一枚。ちょうど実物が手元にあるから、正確に引用しよう。

優雅な入院生活に飽き飽きですって？　グレイシーに聞きました。わたしもそう。

ご来訪の栄誉を賜《たまわ》れません？　五時のカクテルじゃ早すぎるかしら。ボ氏（呪われろ！）からアルコール禁止令が出てて、あなたも同じだと思うから、ソーダ水とミネラルウォーターで。

五時に来てくれなければ傷心の、リンディ・ガードナー

たぶん、退屈しきっていたからだと思う。それとも、気分が上向きに転じていたからなのか。囚人仲間とばか話を交わすことが魅力的に思えたのか。それとも……結局、おれも華々しい世界に思ったほど免疫がなかったということなのか。これを読んだとき、リンディ・ガードナーについてのもろもろの思いは雲散霧消《うんさんむしょう》し、体内に興奮が湧き上がってきた。おれは五時に行くと伝えてくれ、とグレイシーに言っていた。

リンディ・ガードナーはおれより包帯の量が多かった。おれの場合、少なくとも頭のてっぺんには包帯がない。砂漠のオアシスに生えるヤシの木みたいに、そこから毛が飛び出している。だが、リンディは頭がすっぽり包帯の中だ。まるででこぼこのあるココナツで、そこに目と鼻と口の穴があいている。あの大量の金髪はどこにいったんだ……わからん。だが、声には思ったほど締めつけられた感じがなくて、テレビで

見聞きしているままの声だった。

「で、気分はいかが？」とリンディが言った。まずまずです。「ねえ、スティーブ……スティーブと呼んでいいかしら。あなたのことはグレイシーから何もかも聞きましたよ」

「え？　悪い話が伝わっていないといいが」

「どうかしら。あなたはミュージシャン。それもすごく有望な、ね？」

「グレイシーがそう言いました？」

「スティーブ、緊張してない？　わたしといるときはリラックスしてよ。そりゃね、周囲をこちんこちんに緊張させて喜んでる有名人もいるけど――それで自分が特別のように感じるのね――でも、わたしはいや。お仲間の一人として扱ってくださいな。ね？　で、なんでしたっけ？　ここの滞在がまずまずですって？」

リンディの部屋はおれのよりかなり大きい。スイートになっていて、いまいるのは居間に当たる部分だ。一対の白いソファーが向かい合うように置かれ、おれたちはそこにすわっている。間にガラス張りの低いコーヒーテーブルがあり、その色付きガラスを通して、台に使われている大きな流木が見える。テーブルの上には光沢のある雑誌の数々と、まだセロファン紙で覆ったままの果物籠が載っている。おれの部屋同様、エアコンが強烈に効いていて（包帯をしてると暑い）、窓のブラインドは夕日をさえぎるため低く下ろしてある。ついさっきメイドが来て、水とコーヒーを一杯ずつ置いて出ていった。どちらにもストローが差してあって、ぷかぷか浮いている。ここでは何でもこうやって飲む。

一番辛いことは、とリンディに問われ、サックスを吹けないこと、と答えた。

「そりゃ、ボリスとしては禁止するわね」とリンディが言った。「想像してみてよ。あと一日待てばよかったのに吹いちゃって、顔の肉片が部屋中に飛び散るところ……」

自分の冗談がよほど面白かったのか、リンディはおれを追い払うように目の前で手を振った。まるで冗談を言ったのがおれで、自分は「やめてよ。あなた面白すぎ」とでも言っているみたいだ。おれも付き合って笑い、ストローでコーヒーを吸った。リンディのおしゃべりが始まった。最近、友人の誰と誰が美容整形を受け、手術とその経過について何と言っていて、手術後にどんな面白いことが起こったか……。出てくる名前は全部セレブか、セレブの配偶者だ。

「で、あなたはサックス奏者なんだ……」と、突然、話題が変わった。「いい選択。サックスってすてきな楽器ですもの。わたしね、若いサックス奏者にはいつも言ってるの。昔ながらのプロを聞きなさい、って。以前、あなたと同じ新進気鋭のサックス奏者がいて、この子ったら、ウェイン・ショーターみたいな前衛的なプレーヤしか聞かなくて、だからよくお説教してやったものよ。昔ながらのプロのほうが学ぶことは多い。画期的な新しさはないかもしれないけど、でも確かな腕がある。ね？　スティーブ、ちょっと聞いてほしいのがあるんだけど、いいかしら。言いたいことがよくわかってもらえると思うから」

「もちろん。でも、ガードナーさん……」

「リンディと呼んで。ここじゃ仲間よ」

「じゃ、リンディ。おれはそんなに若くないですよ。次の誕生日で三十九だから」

「へえ、そうなの。それでもまだ若いけど……でも、確かに、もっとずっと若いかと思ってた。ボリスにこんな鉄仮面をかぶせられてたら、わかりゃしないわよね。グレイシーの話から、てっきり若者と思ってましたよ。ご両親が息子にいいスタートを切らせてやろうって、お金を出してくれたものだとばかり。見当違いで、ごめんなさい」

「おれが新進気鋭って、グレイシーが……？」

「彼女に怒っちゃだめよ。ミュージシャンがいると言うから、名前は？　って聞いたの。あまり聞かない名前だわねって言ったら、〝これからの人だから〟って。それだけのこと。でも、年がいくつかなんて、全然関係ない。昔ながらのプロからはいくつになっても学べるもの。ぜひ、これを聞いてほしいわ。あなたも絶対いいと思うはず」

リンディはキャビネットまで行き、一瞬後には手にCDを持っていた。「きっと気に入る。このサックスは完璧だもの」

おれの部屋同様、ここにもバング&オルフセンのシステムがあって、すぐに弦楽器の贅沢《ぜいたく》な響きが部屋にあふれた。開始から数小節後、ベン・ウェブスターを思わせるテナーが間を割って出て、オーケストラをリードしはじめた。このジャンルにあまり詳しくない人なら、ネルソン・リドルによるシナトラのイントロと間違えそうだ。だが、やがて聞こえてきた声は……これはトニー・ガードナーじゃないか。おれが辛うじて覚えている曲、確か《バック・アット・カルバーシティ》といった。もともとヒットしたとは言えないバラードで、いまでは演奏されることもまれだ。ガードナーが歌ってる間ずっとサックスが付き従い、歌手と掛け合うようにして演奏がつづく。曲のどこにも意外性がなく、堪えられないほど感傷的だ。

しばらく聞いていたが、やがて音楽のことを忘れた。おれの目の前にリンディがいた。なんだか恍惚《こうこつ》状態になっていて、歌に合わせてゆっくり体を揺らしている。今回の手術は体には及ばなかったらしく、その動きは力みがなくて優美、体形もまたスリムで優美だ。着ているものはナイトガウンとカクテルドレスの中間のような何かで、どことなく院内着を思わせながら、同時に華やかでもある。リンディの踊りを見ながら、おれは、はてなと思った。この女は、最近トニー・ガードナーと離婚したんじゃなかったっけか。頭のどこかにそんな情報がこびりついていたが、まあ、芸能界のゴシップには国で一番無知なおれだ。たぶん、間違いだろう。でなきゃ、なぜリンディがこんなふうに踊ってるんだ。音楽にすっかり溶け込んで、とても楽しそうだ。

トニー・ガードナーの歌が一瞬止まり、弦の響きが膨らんでブリッジ部分に入ると、やがてピアノのソロが始まった。リンディが天空から地表に舞い下りてきた。体を揺らすのをやめ、リモコンでCDをオフにして、おれの前にすわった。

「ね、すごいでしょ。言ったことの意味がわかった?」

「ええ、とてもよかったです」おれはそう言いながら、これはサックスのことでいいんだろうな、と思った。

「ところで、あなたの耳は正確よ」

「えっ?」

「歌手のこと。歌ってたのは、あなたの思ったとおりの人。もう夫じゃないからって、レコードも聞いちゃいけないって法はないでしょ？」

「もちろん」

「それに、サックスのすてきなこと……。聞かせたがったの、無理ないと思わない？」

「ええ、よかった」

「スティーブ、あなたのレコードはないの？　あなた自身が演奏した曲は？」

「ありますよ。いまも隣の部屋にCDが何枚か」

「次はぜひ持ってきてよ。ね？　あなたのサックスを聞いてみたい。持ってきてくださる？」

「もちろん。退屈しないといいですが……」

「退屈なんて、するはずない。でも、詮索《せんさく》好きだとは思わないでね。トニーはいつも言ってた。おまえは詮索好きでいかん、他人様のことはそっとしておいてやれ……。でもね、あれは気取ってるだけだと思う。有名人って、ほかの有名人にしか興味を持っちゃいけないと思ってる人が多いのよ。わたしはそうじゃない。わたしにとっては、誰もがいずれ友達になれる人。たとえば、グレイシーもそう。友達よ。家にいるスタッフの面々も、みんなわたしの友達。パーティでのわたしをお見せしたいわ。ほかの有名人は有名人どうしくっついて、最近の映画がどうのこうのって話すだけ。でも、わたしはメイドやバーテンダーとも普通に話をする。それを詮索好きとは言わないわよね？」

「ええ、言わんでしょう。でも、ガードナーさん……」

「リンディ」

「リンディ、こうしてお話しできるのは光栄なんですが、薬のせいか、なんだかくたびれて……。部屋に戻って、しばらく横になることにします」

「気分がお悪いの？」

「大したことじゃないんですが、薬が……」

「残念。気分がよくなったら、また来てくださる？　必ずね。忘れずにCDを持ってきて。あなたがレコーディングしたやつ。約束よ」

おれは楽しかったことをさらに何度か強調し、また来るから、と繰り返した。ようやく部屋を出ようとしたとき、リンディが言った。

「スティーブ、あなたチェスはやる？　わたしは世界最低のプレーヤだけど、チェスセットはすごいのがあるの。先週メグ・ライアンからもらったのが」

　おれは部屋に戻ると、ミニバーからコーラを一本取り、書き物机の前にすわって窓の外を眺めた。いまは夕方。大きなピンク色の太陽が沈もうとしている。この階は相当な高さにあって、はるか向こうのフリーウェイを車が走っているのが見える。数分後、おれはブラッドリーに電話した。秘書が出て、長いこと待たされてから本人が出た。

「顔はどうだ」心配そうな声が尋ねた。おれに預けた最愛のペット、その安否を気遣ってるって感じの口調だ。

「わかるもんか。おれはまだ透明人間だ」

「大丈夫か。声に元気がないぞ」

「そりゃ、元気がないからさ。これは過ちだった。いまにしてわかる。すべては無駄だ」

　しばらく沈黙があった。「手術が失敗だったのか」

「手術は成功だろうよ。おれの言うのはそれ以外のことさ。手術はした。で、どうなる、この計画は……？　おまえの言ったようにはなるまい。そもそもおまえの口車に乗ったのが間違いだった」

「おい、どうした。なんかふさぎこんでるな。何を注射された」

「体はなんともない。頭なんて、ここしばらくなかったほどしゃっきりしてらあ。ま、それが問題なんだ。悟っちまった。おまえの計画に耳など貸すんじゃなかった」

「計画って何のことだ？　おい、スティーブ、別にややこしいことじゃなかろう。おまえは才能あるアーティストだ。これが終われば、あとはいつもやってきたことをやるだけじゃないか。今回のことは障害物を一つ取り除く、それだけだ。計画だの何だのと……」

「おい、ブラッドリー、ここは居心地が悪い。体にもその他にもだ。おれは自分にひどいことをしてる。いまわかった。間違いだった。自分にもっと敬意を払うべきだった」

「スティーブ、何があった。そこで何かあったのか」

「もちろん、何かあった。だから電話してるんだ。頼む、ここから連れ出してくれ。別のホテルに移してくれ」

「別のホテル？　おまえ、何様のつもりだ。アブドラ皇太子か。そのホテルのどこが気に食わん」

「気に食わんのは、隣にリンディ・ガードナーがいて、おれを呼ぶんだ。いま行ってきた。これから何度も何度も呼ぶぞ。それが気に食わん」

「リンディ・ガードナーが隣？」

「もうごめんだ。いま行ってきたが、難行苦行だ。あれだけの時間とどまるのが精一杯。この次はメグ・ライアンのチェスセットでチェスをさせられる……」

「スティーブ、隣がリンディ・ガードナーだと？　その部屋に行ってきただと？」

「おれに旦那のレコードを聞かせやがった。くそっ。いまも別のやつをかけてるだろう。おれも落ちぶれたもんだ。あれがいまのおれのレベルか」

「スティーブ、待て。もう一度聞かせろ。黙れ、スティーブ。説明だ、説明。よし、リンディ・ガードナーと会ったいきさつから説明しろ」

おれはようやく心を落ち着け、リンディ・ガードナーに招かれたこと、その部屋であったことを簡単に説明した。

「じゃ、無礼はしてないな」聞き終えてブラッドリーが言った。

「ああ、してない。必死で我慢してたんだ。だが、二度と行かんぞ。だから、ホテルを替えてくれ」

「スティーブ、絶対だめだ。リンディ・ガードナーか。包帯だらけで、おまえも包帯だらけ。それが隣室か。スティーブ、こいつは絶好のチャンスだ」

「何がチャンスなものか。特権階級地獄だぞ、ブラッドリー。メグ・ライアンのチェスセットなんだぞ」

「メグ・ライアンのチェスセットって何だ。駒が全部メグなのか」

「それに、おれの演奏を聞きたいと言ってる。次はCDを持ってこいだと」

「おまえの演奏を……えらいこっちゃ、スティーブ。まだ包帯もとれんうちからエンジン全開だ。おまえの演奏を聞きたいだと?」

「頼む。何とかしてくれ、ブラッドリー。状況は深刻だ。おまえに丸め込まれて、おれは手術を受けた。おまえの言うことを信じたおれはばかだったが、だからって、これを我慢するいわれはない。これからの二週間、リンディ・ガードナーと付き合いつづける必要はない。頼む。ほかへ移してくれ。プロント!」

「スティーブ、おまえはそこにとどまる。リンディ・ガードナーがいかに重要な人物かわかってるのか。誰と仲良しで、電話一本でおまえのためにどれほどのことができるか知ってるのか。確かにトニー・ガードナーとは離婚した。けど、何も変わっちゃおらん。顔が新しくなって、リンディが後押しする。ドアなんて向こうから開く。これで一気にメジャーだ。五秒フラットで超一流だ」

「メジャーだ何だは忘れろ、ブラッドリー。もう二度と隣へは行かんぞ。それに、おれ自身の音楽で開くドア以外、どんなドアにも開いてほしくねえ。それからおまえがさっき言ったことは信じんぞ。計画なんかないだと？」

「そんなに力んでしゃべるな。おまえの縫い目のことが心配でならん」

「ブラッドリー、おれの縫い目なんか、すぐに心配しなくてすむようにしてやってもいいんだぞ。どうするだと？　このミイラ仮面を引っぺがすのよ。指を口の端に突っ込んで、上下左右斜め、ありとあらゆる方向に引っ張ってやる。聞いてるか、ブラッドリー？」

ブラッドリーの溜息が聞こえた。「わかった。落ち着け。とにかく落ち着け。最近ストレスがすごかったからな。わかる。いまリンディに会いたくないってんなら――目の前の金塊に手を伸ばしたくないってんなら――それもよかろう。おれは理解する。だが、無礼はいかんぞ。ちゃんとした言い訳を考えろ。橋は一つたりとも焼くんじゃない」

ブラッドリーに言うだけ言うとずいぶん気分がよくなって、まずまず平静に夜を過ごせた。映画を半分見て、ビル・エバンスを聞いた。翌朝、朝食後にボリス医師が看護婦二人と診察に来た。回復ぶりに満足して帰っていった。そのあと、十一時ごろに来客があった。リーというドラマーで、数年前までサンディエゴのハウスバンドで一緒に演奏していた男だ。ブラッドリーはリーのマネージャーでもある。様子を見てきてくれと頼んだらしい。

リーはいいやつで、会えておれも嬉しかった。一時間ほど、共通の知人について情報交換をした。誰がどのバンドにいて、誰が荷物をまとめてカナダやヨーロッパに去ったか……。

「昔の仲間がみんな消えて、悲しいな」とリーが言った。「一緒に楽しくやってた連中が、ふと気づくと誰もいない。どこに行ったかもわからん」

リーは最近の腰掛《こしかけ》仕事について話し、二人でサンディエゴ時代の思い出を語り合って笑った。帰る間際にこんなことを言った。

「ジェイク・マーベルのあれな、どう思う。妙な世の中じゃないか」

「確かに妙な世の中ではあるな」とおれは言った。「だが、やつは昔からいいミュージシャンだった。資格はあるさ」

「まあな。だが、しっくりしない。サンディエゴ時代のジェイクを思い出してみろ。おまえにかかったら、週に七日、毎晩ステージでこてんぱんにのされてたはずだ。そのジェイクがだぞ、運ていうのか何ていうのか……」

「悪いやつじゃない。サックス奏者として世に認められたんだ。同じサックス吹きとしておれは嬉しいよ」

「認められた、か」とリーは言った。「しかも、場所はまさにこのホテルだ。ええと、どこかに持ってるぞ」リーはバッグの中を掻き回して、ぼろぼろになった《LAウィークリー》を引っ張り出した。「これだ。サイモン&ウェズベリー音楽賞。年間最優秀ジャズミュージシャンはジェイク・マーベルだと。授賞日は……げっ、明日だぜ。会場はホテルのボールルーム。そこの階段を下りてけば、おまえ、授賞式を覗《のぞ》けるぞ」リーは雑誌を置き、首を横に振った。「ジェイク・マーベル。最優秀ジャズミュージシャン。誰が想像したよ、スティーブ？」

「覗きには行かんが、この部屋であいつのために乾杯するよ」

「ジェイク・マーベルか……めちゃくちゃな世の中だぜ」

　昼食後一時間ほどして電話が鳴った。リンディだった。

「駒が並んで、お待ちかねよ、スティーブ」と言った。「指せる？　ノーはだめ。退屈で気が変になりそうだもの。ああ、忘れないでね、CD。必ず持ってきて。あなたの演奏、もう死ぬほど聞きたいの」

おれは受話器を置き、ベッドの端に腰を下ろして考えた。こうも簡単に押し切られてしまったのはなぜだ。「ノー」のノの字も言えなかったのはなぜなんだ。ただ気が弱いだけか。それとも、自分で思う以上にブラッドリーに洗脳されてしまっているのか……。だが、いまはそんなことをあれこれ考えている暇はない。なにしろ、おれのCDのうちどれがリンディを唸《うな》らせそうか、すぐに決めなければならない。前衛がかったのは絶対にだめだ。去年、サンフランシスコでエレクトロファンクの連中とレコーディングしたのもアウトだろう。結局、一枚だけ選んだ。おれは新しいシャツに着替え、ドレッシングガウンを引っかけて、隣の部屋に行った。

リンディもドレッシングガウン姿だったが、こちらはプレミアショーに着ていっても恥ずかしくなさそうなガウンだ。低いガラステーブルには駒の並んだチェス盤が待っていて、おれたちは昨日同様向かい合ってすわり、ゲームを始めた。駒を動かすことで手持ち無沙汰《ぶさた》が解消したせいか、昨日よりずっとリラックスでき、一手一手指しながら、気がつけばあれやこれやとおしゃべりをしていた。テレビのショーのこと、リンディお気に入りのヨーロッパの町のこと、中華料理のこと……。有名人の名前はあまり出てこず、リンディ自身もずっと落ち着いていた。途中、こんなことを言った。

「ここにいて気が変になりそうなとき、どうしてるかわかる？　わたしの一大秘密。教えてほしい？　口外しないって約束できるなら。グレイシーにもだめよ。あのね、真夜中の散歩なの。もちろん建物の中だけなんだけど、とにかく巨大だから、永遠に歩きつづけられそう。深夜のここはすごいわよ。昨日なんて丸々一時間は歩き回ったかしら。どんな時刻にもホテル関係者がうろついてるから、十分に気をつけないといけないけど、わたしはまだ見つかったことがない。何か物音が聞こえたら、どこかに走り込んで隠れる――これよ。一度、掃除係にちらっと見られたけど、でも、あっという間に闇の中。すごい興奮。日中は囚人同然で、夜中は完全な自由人。この落差がたまらないわね。いつか連れてってあげるわよ、スティーブ。すごいもの見せてあげる。バーにレストランに会議室。広い広い無人のボールルーム。全部が真っ暗で、空っぽ。そうだ、夢みたいなすごい場所も見つけた。一種のペントハウスね。大統領が泊まるみたいな……貴賓室って言うの？　まだ工事中なんだけど、散歩中に見つけて、中に入ってみた。考え事をしながら二十分や三十分あっという間よ。あら、スティーブ、そこはそれでいいの？　あなたのクイーン、とっちゃうわよ？」

「おっと、しまった。見えなかった。世界最低とか言いながら、やるじゃありませんか。猫を被《かぶ》ってたか。さて、どうしよう」

「じゃ、こうしましょう。あなたはお客さんだし、わたしのおしゃべりで気が散ってたはずだから、今回はその手を見なかったことにしてあげる。わたしって親切？　あ、スティーブ、まだ聞いてなかったと思うけど、あなた、結婚はしてるんでしょ？」

「ええ」

「で、奥さんはどう思ってるの？　だって、安くないわけだし、それだけのお金があれば靴が何足買える、って考えないかしら」

「かまわんそうです。そもそも、あいつの考えなんですよ。おっと、さて、今度は誰がうっかりしてたのかな」

「あら……やっぱり世界最低。ね、詮索するつもりはないけど、奥さん、よくお見舞いに来るの？」

「ここには一度も来てません……けど、それは、おれがここに来る前からの了解事項だから」

「そうなの？」リンディは不思議そうな顔をした。

「変ですか？　二人でそう決めたんです」

「そう」と、しばらくしてリンディが言った。「じゃ、誰もあなたの見舞いに来ないってこと？」

「見舞い客はありますよ。今朝だって一人、昔一緒に仕事してた音楽仲間が」

「そう、よかった。ねえ、スティーブ、わたし、このナイトの動きってのがどうもよくわからないのよ。何か間違った動きをしたら、言ってね。いい？　わざとじゃないんだから」

「もちろん……今朝見舞いに来たやつがね、一つニュースを持ってきたんです。ちょっと不思議な。偶然ってやつかな」

「何？」

「何年か前、サンディエゴにいるとき、ジェイク・マーベルってサックス奏者がいたんです。名前、知ってるでしょう？　いまはメジャーだから。だが、おれたちが知ってるころのジェイクは無名だった。いや、無名以下、へぼミュージシャンだった。ポーカーなら口先だけのはったり屋。キーの何たるかもよくわかっちゃいなかった。ところが、最近、演奏を聞く。よく聞く。少しもうまくなってないのに頻繁に聞く。いろいろいいことが重なって、いまじゃけっこうブレークしてるらしい。おれに言わせりゃ、あいつは昔のままだ。これっぽっちもうまくなってない。なのに、今朝の見舞い客が持ってきた雑誌によると、そいつが――ジェイク・マーベルが――明日――まさにこのホテルで――でかい賞をもらうらしい。年間最優秀ジャズミュージシャン……

…。狂ってる。わかります？　才能あるサックス奏者は多いのに、よりによってジェイクとは……」

おれは口をつぐみ、チェス盤から目を上げて、小さく笑った。「どうしようもない」とそっと付け加えた。

リンディは背すじを伸ばし、おれをじっと見た。「それは残念。で、その奏者、全然だめなわけね？」

「いや……ちょっと言い過ぎた。ジェイクに賞をやりたければ、それは主催者の勝手だ」

「でも、下手なんでしょう？」

「人並みには吹けます。言い過ぎました。すみません。忘れてください」

「それで思い出した」とリンディが言った。「あなたのレコーディングは持ってきてくださったの」

おれは横に置いたCDを指差した。「あなたの興味を引くようなものかどうか……聞かなくていいですよ」

「あら、聞きますよ、絶対に。見せてよ」

おれはCDを手渡した。「パサデナで組んでたバンドです。スタンダード、昔風のスイング、ボサノバもちょっと。特別なものはありません。あなたが言うから持ってきただけで……」

リンディはCDケースを取り上げ、近づけたり遠ざけたりしながら、まじまじと見ていた。また顔に近づけ、「あなたは写ってるの？」と言った。「どんな顔か興味があるわね。いえ、どんな顔だったか、って言うべきか」

「右から二番目。アロハシャツ着て、アイロン台を持ってる男」

「この人？」リンディはCDを見て、おれを見て、「ちょっと、かわいいじゃない」と言った。だが、口調には興奮のかけらもなく、声は確信を欠いていた。というより、はっきりと哀れみの響きがあった。すぐに自分を取り戻し、「じゃ、聞かせていただきましょうか」と言った。

バング&オルフセンに向かうリンディの背中に、おれは「九番トラック」と呼びかけた。「《ニアネス・オブ・ユー》。おれのスペシャルトラックです」

「《ニアネス・オブ・ユー》行きます」

九番トラックを選んだのはよく考えてのことだ。このバンドのメンバーはみな一流で、個々に大きな野心を持っていた。それがなぜ一つのバンドにまとまったかと言えば、目的は一つ。これぞメインストリームジャズ、これぞ晩餐とともに聞く音楽——

そう言えるサウンドを作り出すことだった。ここに収めた《ニアネス・オブ・ユー》は、最初から最後までおれのテナーをフィーチャーしていて、まあ、トニー・ガードナーの縄張りから百マイルもかけ離れているわけではないが、おれの誇れる演奏の一つだ。その歌ならありとあらゆるバージョンを聞いて聞き飽きてる？　そういう人にはぜひ第二コーラスを聞いてみてほしい。あるいは、ミドルエイトから抜け出す瞬間を。バンドがⅢ－5からⅥx－9に行き、おれが段階的に上昇していって、あの甘く優しいBフラットの高音を保ちつづける。こんなことができるのかと誰もが驚く。ここには、ほかのどのバージョンにもない色彩が――憧憬《どうけい》と後悔が――あると思う。

だから、このレコーディングならリンディの心に響く。おれは信じて疑わなかった。事実、最初の一、二分は、楽しそうに聞いていた。CDをセットしたまま立ちつづけ、おれにトニー・ガードナーのレコードを聞かせたとき同様、スローなリズムに合わせてうっとりと体を揺らしはじめていた。だが、すぐにその動きからリズムが消えていき、ただの棒立ちになった。それでも、背中をおれに向けて頭を前に垂れている様子は、集中をうかがわせ、とくに悪い兆候とは思えなかった。何かおかしいと感じはじめたのは、音楽がまだ流れつづけているのに、振り返り、そのままソファーに戻ってきたときだ。もちろん、包帯に隠れて表情はわからなかったが、マネキンのように体を硬くして、どさっとソファーにすわり込むしぐさは、とても期待を抱かせるものではなかった。

曲が終わった。おれはテーブルからリモコンを取り上げ、プレーヤを止めた。それからずいぶん長い時間（のように感じられた）、リンディは体をこわばらせ、不自然な姿勢のままでいた。不意に背を少し伸ばし、チェスの駒をもてあそびはじめた。

「とてもすてきでした」と言った。「聞かせてくださってありがとう」社交辞令に聞こえた。そう聞こえるのを隠さない態度だった。

「お気に召さなかったようだ」

「あら、そんな……」リンディの声は小さく、不機嫌そうだった。「とてもよかった。聞かせてくださってありがとう」そして、手の駒をます目に置いて、「あなたの番」と言った。

おれはチェス盤を見て、どこまで進んでいたか思い出そうとした。しばらくして、「あの歌に何か特別な思い出でもあるんですか」と尋ねてみた。

リンディは顔を上げた。包帯の背後に怒りがあるように感じた。だが、出てきた声は相変わらず静かで、「あの歌？　とくには……いえ、何も」と言った。だが、突然、笑った。短い、乱暴な笑いだった。「ああ、彼との思い出？　トニーとの？　いえ、ないわね。トニーの持ち歌じゃないもの。あなたの演奏はとてもすてき。これぞプロという演奏……」

「これぞプロ？　いったいどういう意味です」

「意味って……これぞプロよ。褒め言葉のつもりだけど……」

「プロですか」おれは立ち上がって部屋を突っ切り、プレーヤからCDを取り出した。

「何を怒ってるの？」声が依然よそよそしく、冷たかった。「悪いこと言った？　だったら、ごめんなさい。悪気はないの」

おれはテーブルに戻り、CDをケースに戻した。そのまま、すわらなかった。

「ゲームはまだ終わってないんだけど……」とリンディが言った。

「すいませんね。いくつか用事があるもんで。電話とか、書類書きとか……」

「何をそんなに怒ってるのよ。わからない」

「怒っちゃいませんよ。時間が経った。それだけです」

リンディは、ドアまで見送りには来てくれた。おれたちはおざなりの握手をして、別れた。

前にも言ったとおり、手術後、おれの睡眠時間はめちゃめちゃになっていた。あの晩も突然ひどく疲れ、早めにベッドに入って何時間かぐっすり眠ったはいいが、真夜中に目覚めると、もう眠れなくなっていた。しかたなく、起き上がってテレビをつけた。チャンネルを切り替えていて、子供のころ見た懐かしい映画を見つけた。椅子を前に持っていき、音量を低くして残りを見た。映画が終わったあとは、やじる聴衆の前で二人の牧師が怒鳴り合っている番組を見た。心はまずまず穏やかで、外界から百万マイルの彼方でのんびりくつろぐ心地よさがあった。だから、いきなり電話が鳴ったときは、喉から心臓が飛び出しそうになった。

「スティーブ？　あなたよね？」リンディだった。声の響きが奇妙で、飲んでいるのかと思った。

「ええ」

「遅いのはわかってるんだけど、いま前を通ったらドアの下から光が見えたから……眠れずにいるんじゃないかと思って。わたしもそう」

「ええ、なかなか普通の生活に戻れません」

「まったくよね」

「どうかしましたか」

「いいえ、何も。万事オーケーってとこ」

酔っ払っているのではないとわかったが、ではいったい何なのか。それがわからなかった。酒以外の何かでハイになっているのでもなさそうだ。ただ、目がらんらん、何かに興奮して話さずにいられない。そんな感じだ。

「ほんとに何でもない？」おれはもう一度尋ねた。

「ええ、ほんと。でも……ねえ、スティーブ、いまあるものがあって、あなたにあげたいと思ってるの」

「えっ？　さて、何でしょう」

「言いたくない。驚かせたいの」

「そりゃ興味津々。もらいに行きますよ。朝食後でどうです」

「いますぐじゃどうかな、なんて思ってたんだけど。いまここにあるのよ。あなたも起きてて、わたしも起きてる。遅いことは遅いけど、でも……ね、スティーブ、さっきのことも、やはり説明しておきたいし」

「忘れてください。気にしてません」

「あなたは、自分の音楽をけなされたと思ったから怒ったんでしょう？　でも、そうじゃないの。逆なのよ。まったく正反対。あなたが聞かせてくれた《ニアネス・オブ・ユー》ね、あなたが演奏したバージョン……あれが頭から離れないの。いえ、頭じゃないわね。心だわ。どうしても心から離れないの」

おれは何と言っていいかわからなかった。何かを思いつく前に、リンディがまた言った。

「来てくれない？　いますぐ。そしたら、全部ちゃんと説明する。そして、一番重要なこの……いえ、言わない。びっくりさせたいもの。来たらわかるわ。でね、もう一度あのCDを持ってきて。そうしてくれる？　お願い」

リンディはドアを開け、配達人から何かを受け取るようにしておれの手からCDをとり、そのあと手首をつかんで中に引き入れた。チェスを指していたときと同じ華やかなドレッシングガウン姿だったが、時間がたって着姿がわずかに乱れていた。たとえば、ガウンの裾《すそ》の位置が左右で少し違っていたし、後頭部の襟《えり》に近い包帯に毛糸のくずのような埃が引っかかっていた。

「どうやら真夜中の散歩に行ったみたいですね」とおれは言った。

「起きててくれてよかった。朝まで待たされたら、どうかなっちゃう。電話でも言ったけど、びっくりさせることがあるの。ぜひ気に入ってほしいわ。いえ、きっと気に入ってくれると思う。でも、まず、楽にしてて。あなたの曲をもう一度聞きたいから。

何番でしたっけ」

おれはいつものソファーにすわって、ハイファイをいじっているリンディを見ていた。部屋の照明は柔らかく、ひんやりした空気が肌に気持ちよかった。《ニアネス・オブ・ユー》が大音量で始まった。

「周りに迷惑じゃありませんか？」

「かまうもんですか。払いすぎるほど払ってるんだから、あとは向こうの問題よ。シッ、さあ聞く、聞く」

リンディの体が、前のように音楽に合わせて揺れはじめた。だが、今度はバースを過ぎても止まらなかった。むしろ、音楽が進めば進むほど、われを忘れて溶け込んでいき、両腕までが架空のパートナーに向かって差し伸べられた。終わると、プレーヤのスイッチを切ったまま部屋の端に立ち、おれに背中を向けてじっと動かなかった。ずいぶん長くそのままだったように思う。ようやく振り向いて、ソファーに戻ってきた。

「何て言えばいいのかしら」と言った。「崇高よ。あなたはとってもすばらしいミュージシャン。天才だわ」

「そりゃ、どうも」

「最初からわかってたの、ほんとに。だからあんなふうに反応しちゃって……気に入らないみたいな、見下すみたいな、ね？」リンディはおれの向かいにすわって、溜息をついた。「トニーにはよく叱られた。昔からそうなのよ。直そうとして、どうしても直らない。誰かに出会うとするでしょ？　ほんとに才能のある人、神様に祝福されたような人に出会う。するとね、だめなの。いつも、あなたにやったみたいにしてしまう。本能的に。何なのかしら……よくわからない。たぶん嫉妬するんだと思う。たとえば、一つの部屋に女たちが何人かいるとするでしょう？　姿形がごく平凡な女たち。そこへ美人が一人入ってくる。みんな憎むわよ。目ん玉をくり出してやろうかと思うほど憎む。あなたみたいな人に出会ったときのわたしがそう。とくに、不意打ちをくらったときほどそう。今日みたいに、わたしに心構えがなかったときはとくにそう。一瞬前まで、わたしにとってあなたは一般大衆の一人だった。でも、次の瞬間、あなたは……違ってる。言ってることがわかるかしら。とにかく、今日の午後のわたしはとてもいけなかった。あなたが怒るのも当然。それを言いたかったの」

二人の間には真夜中の静寂がしばらくあった。「感謝しますよ」とおれは言った。「話してくれたことを感謝します」

突然、リンディが立ち上がった。「じゃ、びっくりしてもらおうかな。待ってて。

動いちゃだめ」

そのまま隣の部屋に入っていった。何やら引き出しを開け閉めする音が聞こえ、やがて戻ってきた。両手に何かを持っていたが、絹のハンカチがかけてあって、何だかはわからない。リンディは部屋の中ほどまで入って、立ち止まった。

「スティーブ、ここへ来て受け取って。贈呈式をします」

はてなと思いながら、とにかく立ち上がった。リンディに向かって歩く間に、ハンカチが取り除かれ、ぴかぴか光る真鍮の何かが差し出された。

「年間最優秀ジャズミュージシャン賞は、あなたにこそふさわしい。おめでとう。年間どころか史上最優秀かもしれないわね」

そう言って、その何かをおれに手渡し、包帯越しにおれの頬に軽くキスをした。

「ありがとう。確かにびっくりだ。なんか、きれいなもんですね。何です？ ワニ……？」

「ワニ？ よしてよ。二人の小さな天使じゃない。かわいい天使がキスしてるところ」

「ああ、そう言われれば……。いや、ありがとう、リンディ。何と言うか……実にきれいなもんです」

「ワニだなんて……」

「すみません。こっちの天使が思い切り脚を後ろに伸ばしてるもんで、それが……でも、いまはわかります。とてもきれいです」

「あなたにこそふさわしいものだわ」

「感激です、リンディ。ほんとに。で、ここには何と書いてあるんです。眼鏡がないもんで……」

「〝年間最優秀ジャズミュージシャン〟に決まってるじゃない」

「ほんとに……？」

「もちろん」

おれはその小像を持ったままソファーに戻り、すわって少し考えた。「あの、リンディ」とおずおずと言った。「あなたがくれたこれ……まさか、真夜中の散歩中に見つけたものってことは……ないですよね？」

「当たり！　そのとおりよ」

「なるほど……でも、本物のトロフィーってことはないですよね？　ジェイクに渡すはずのトロフィーってことは……？」

リンディはしばらく何も答えず、じっと立っていたが、やがて、「もちろん、本物よ」と言った。「あなたに偽物のがらくたあげてどうするの？　不正がなされようとしていたのを、わたしが危うく阻止し、正義を貫いた、ってとこかしら。それが重要。ほら、スティーブ、何をしぶってるの。あなたこそ、この賞をもらうべき人なんだから」

「そう言ってもらえるのは嬉しいが……これは一種の泥棒じゃないですかね」

「泥棒？　でも、あの男は下手だって言ってたじゃない。へぼだって。それに対してあなたは天才。泥棒はどっちよ」

「リンディ、これ、どこで見つけました？」

リンディは肩をすくめた。「散歩中に行ったどこか。オフィスかしら、たぶん」

「今夜？　今夜ですか」

「もちろん今夜。だって、昨晩はこの賞のことなんか知らなかったもの」

「そりゃそうだ。じゃ、一時間くらい前？」

「一時間か……ひょっとしたら二時間かな。わからない。けっこう長く散歩したから。貴賓室にもしばらくいたし」

「何てこった」

「誰も気にしないわよ。なぜそんなに心配するの。これがなくたって、別のを用意すればいいんだから。どこかの棚にいっぱい並んでるでしょうよ。とにかく、一番ふさわしいミュージシャンであるあなたに贈呈したいの。嫌だなんて言わないでよ、スティーブ」

「嫌なんて言いませんよ、リンディ。お気持ちも、栄誉も、全部いただきます。とても嬉しいです。ただ、これが本物のトロフィーってことになると、返さねばならんでしょう。もとの場所に、もとどおりに置いておかないと……」

「そんなこと、誰が気にするのよ」

「リンディ、ここは慎重に考えて。これがばれたらどうなると思います。新聞雑誌がどう扱うか、想像がつきませんか。ゴシップだ。スキャンダルだ。あなたの視聴者は何と言います。ね？　だから、いますぐ、みんなが起き出す前にもとに戻すのがベストです。これがあった場所はどこです。教えてください」

突然、リンディは叱られた子供のようにおとなしくなった。溜息をつき、「あなたの言うとおりかもね、スティーブ」と言った。

もとに戻すことに決まると、リンディには急に愛着が増したらしい。眠りに沈む巨大ホテルの廊下を足早に歩きながら、トロフィーをずっと胸に抱きしめていた。先に立って隠れ階段を下り、裏廊下を進み、サウナ室や自動販売機の前を通り過ぎた。途中、人っ子一人現れず、足音一つ聞こえなかった。「確か……こっち」とひそひそ声で言い、二人で重たいドアをいくつか押し開いて、暗い空間の中に入り込んだ。

しばらく気配をうかがったが、誰もいないようだ。リンディの部屋から持ってきた懐中電灯をつけ、辺りを照らすと、そこはボールルームだった。ただ、白いクロスで覆ったテーブルがずらりと配置され、それぞれの周囲に椅子も並んでいて、いまここでダンスをするのはちょっと骨だ。天井の真ん中には豪奢《ごうしゃ》なシャンデリアがぶら下がっている。部屋の向こう端にはステージらしきものがしつらえられていて、かなりのショーをやれる大きさだが、いまは幕にさえぎられて中は見えない。まだ作業が残っているのか、部屋の真ん中に脚立が立ち、壁には縦型の掃除機が立てかけられていた。

「かなりのパーティね」とリンディが言った。「四百人……五百人かな」

おれは部屋の内部に進み、さらに周囲を照らした。「たぶん、ここが授賞式の会場ですね。ここでジェイクがそのトロフィーをもらうんだ」

「これね……」（と言いながら、小像を持ち上げた）「これ、見つけたところにはまだいろいろあったわよ。最優秀新人賞とか、年間ベストR&Bアルバム賞とか。一大イベントよね」

懐中電灯はさほど強力ではなかったが、目が慣れてきたせいで、会場の様子がだんだんわかってきた。おれはステージを見上げながら、何時間後かにこの場所で起こることをしばらく想像した。華美な服装の人々が群れている。レコード会社の関係者に、大物プロモーターに、有名芸能人……。それが笑い合い、さざめいている。司会者がスポンサーの名を読み上げ、そのたびにへつらいを秘めた熱心な拍手が沸き起こる。受賞者がステージに上がると、さらに盛大な拍手があって、喝采《かっさい》までが加わる。おれは、ステージ上でトロフィーを持つジェイク・マーベルを想像した。顔にあの笑いが浮かんでいる。サンディエゴでソロ演奏を終え、拍手を受けるときにいつも見せていた、あのきざな笑いが……。

「間違ってたかな」とおれはつぶやいた。「返す必要なんてないのかもしれん。こいつはゴミ箱にでも放り込むか。ほかにもあるっていうトロフィーも全部一緒に……」

「そう？」リンディの声に戸惑いがあった。「そうしたいの、スティーブ？」

おれは溜息をついた。「いや、だめですよ。でも、そうできれば……気分がいいだろうな。トロフィーが全部ゴミ箱の中……。ほかの受賞者だって、きっとみんなへぼだ。全員合わせたって、ホットドッグの具にするだけの才能もない……」

リンディが何か言うかと思ったが、しばらく言葉はなかった。だが、次に口を開いたとき、その声には喉が詰まったような新しい響きがあった。

「でも、本物だって何人かはいるかもしれない。賞をもらう資格がない人ばかりとは言い切れないんじゃない？」

「言い切れない？」突然、胸に怒りが湧いた。「言い切れない……ですか？　考えてもみてくださいよ。ジェイク・マーベルを今年の最優秀ジャズミュージシャンに選んだ審査員団なんだ。ほかだって推《お》して知るべしでしょう」

「でも、受賞者の一人一人を知ってるの？　このジェイク何とかにしたって、死に物狂いで練習してこの結果になったのかもしれない」

「ほう、今度はジェイクの大ファンですか」

「思ったことを言っただけよ」

「思ったことと？　そう思ったわけだ。まあ、驚くほどのことじゃないか。さっきは、一瞬、あなたが何者か忘れてました」

「それはどういう意味よ？　よくもわたしのことをそんなふうに言ってくれたわね！」

ああ、いかん、と思った。捨て鉢《ばち》になるんじゃない。おれは急いで謝った。「すみません。無礼でした。さ、オフィスを探しましょう」

リンディは黙っていた。おれは振り向いて様子をうかがったが、この光では何を考えているかわからない。

「リンディ、オフィスは？　早く見つけないと」

リンディはしばらく考え、広間の奥をトロフィーで指し示すと、無言のまま先に立ってテーブルの間を歩きはじめた。行き着いた先にドアがあった。おれは何秒間か耳を当て、向こう側で物音がしていないのを確かめてから、そっと押し開けた。

ボールルームと平行に伸びている細長い空間があった。どこかに弱い明かりがついているらしく、薄暗いながら、懐中電灯なしでも周囲のものが判別できた。探していたオフィスでないことはすぐにわかった。配膳室？　そう、仕出し料理に最後の仕上げを加えるための厨房といった感じの場所だ。両側の壁際には長い長い作業カウンターがあり、中央にはスタッフが立ち働くための通路があった。

リンディには勝手知ったる場所のようだ。ずんずんと通路を歩いていったが、半分ほど行ったところで突然立ち止まり、カウンターに置いてあったトレーの一つを覗き込んだ。

「クッキーよ」と言った。完全にいつもの自分に戻ったようだ。「でも、セロファンで包んであって、残念。飢え死にしそうなのに。あら、この下には何があるのかしら」

さらに数歩向こう、大きなドーム蓋《ぶた》のところまで進み、それを持ち上げた。「見て、スティーブ。おいしそうじゃない？」

蓋の下には、肥え太ったローストターキーがあった。リンディは蓋を戻さず、七面鳥の横にそっと置いた。

「脚を一本もらったら怒るかしら」

「そりゃ怒るでしょう。でも、どうせここまでやったなら……」

「大きな七面鳥だこと。この脚、半分ずつにする？」

「ええ、いいですよ」

「じゃ、遠慮なく」

リンディは七面鳥に手を伸ばしかけたが、そこでぴくんと体を硬くし、おれのほうを振り向いた。

「さっきのあれはどういう意味だったの？」

「どういう意味とは、何が？」

「あなたが言おうとしてたこと。驚くことじゃないとか、わたしが何者か忘れてたとか……」

「すみません。文句を言うつもりじゃなくて、ただ声に出して考えてただけです」

「声に出して考えてた？　じゃ、もう少し考えてみてよ。わたしはただ、賞をもらう資格のある人だって何人かはいるかもしれない、って言っただけ。それがどうだっての？」

「こんな選考はえてしてご都合主義だと、そう言いたかっただけです。でも、あなたのほうが詳しそうだ。そんなことはないとお考えのようだから……」

「死ぬほどがんばっていまの地位にいる人だって、なかにはいるかもしれないでしょう？　だったら、少しは認めてやらなきゃ。あなたみたいな人の嫌なところはね、たまたま神様から特別な才能を授かったというだけで、何でもかんでも自分がもらわないと気がすまないことよ。その辺の連中より自分は偉い、いつでも先頭に立って当たり前――そう思ってるところ。あなたほど才能がなくて、ただがんばりだけで上を目指す人だってたくさんいるのに、それがわからない」

「ほう、おれはがんばってないとでも？　ぼけっとすわってるだけだとでも？　価値あるもの、美しいものを生み出そうとして、汗みどろになって七転八倒してないとでも……？　おれだってやってますよ。けど、賞賛されるのはジェイク・マーベルであり、あなたみたいな人なんだ」

「言ってくれるじゃない。なんでそこにわたしが出てくるのよ？　わたしが賞をもらうの？　いままでわたしが賞なんてもらったことがあった？　昨日今日だけじゃない。昔々、学校でだって、わたしの歌、わたしの踊り、わたしの何かに、賞なんかくれたことがあった？　あるもんですか。もらうのはいつもあんたたちなのよ。壇に上がって、賞をもらって、親たちに拍手されるのは……」

「何ももらってない？　よく言えますね。有名なのは誰です。豪邸に住んでるのは誰です」

そのとき、かちりとスイッチの入る音がして、おれたちは真昼のような明るさの中で目をぱちくりさせていた。さっきの戸口に男が二人現れ、こちらへ歩いてきた。通路にはちょうど男二人が並んで歩けるだけの幅がある。一人は黒人の大男で、ホテル警備員の制服を着ている。手に何か握っていて、最初は拳銃かと思ったが、トランシーバーのようだ。横にいるもう一人は小柄な白人で、こちらの制服は薄青色。艶やかな黒い髪をしていた。どちらの態度も慇懃《いんぎん》には程遠い。むしろ横柄《おうへい》に見える。二人はおれたちから一、二ヤードのところで止まり、小柄なほうが上着からバッジを取り出した。

「ロサンゼルス警察のモーガン」と名乗った。

おれは「こんばんは」と挨拶した。

警官と警備員はしばらく黙っておれたちを見ていた。やがて、警官が「ホテルのお客さんかね？」と言った。

「ええ」とおれが答えた。「客です」

背後で柔らかなナイトガウンが動き、おれの背中をこすった。リンディが横に立って、おれの腕をとった。

「こんばんは、お巡りさん」と、眠そうな甘い声で言った。いつもの口調とはまったく違う。

「こんばんは、マダム」と警官が言った。「こんな時間に起きているのは、何か理由があってのことですか」

おれたちは二人同時に口を開きかけ、思わず笑った。だが、男たちは笑うどころか、にこりともしなかった。

「眠れなくて」とリンディが言った。「だから、ちょっと散歩に……」

「ちょっと散歩に」警官は強烈な白い光の中で辺りを見回した。「何か食べるものでも探そうか、とか？」

「ええ、お巡りさん」相変わらず、なんて声だ。「夜中に小腹が空くってこと、お巡りさんもあるんじゃありませんか?」

「ルームサービスは役に立たんからな」と警官が言った。

「まあ、そんなとこですね」とおれが言った。

「涎《よだれ》が垂れそうなものしかない」と警官が言った。「ステーキにピザにハンバーガーに三段重ねのクラブサンド……。おれもいま深夜のルームサービスを頼んだばかりだから、よくわかる。そんなものじゃ口に合わないよな」

「察してくださいな、お巡りさん。遊び半分でしたの。忍び込んで、こっそり一口つまむ。そりゃ悪いことだけど、お巡りさんも子供のころやって楽しかったって、そんな経験ありません?」

どちらの表情も和《やわ》らぎそうになかった。「せっかくのお楽しみに水を差してすまんね。この場所は、ホテル客には立ち入り禁止だ。それに、最近、一つ二つ、ものがなくなってね」

「まあ」

「何か怪しげなことや変わったことを見なかったかね」

おれたちは顔を見合わせた。リンディがおれに向かって大仰《おおぎょう》に首を振った。

「いえ、とくには……」とおれは言った。

「何も？」

　さきほどから警備員がじりじりと近寄ってきていた。いま、その巨体をカウンターに押しつけながら、おれたちの横を通り過ぎていった。警官がしゃべりつづけ、その間に警備員が背後に回って観察する。おれたちが何か隠し持っていないか調べようとしている。

「ええ、何も」とおれは言った。「でも、具体的にどんな？」

「不審な人物、異常な行動……」

「お巡りさん」リンディの声は恐怖で引きつっていた。「つまり、押し込みがあったってことですの？」

「そうじゃありません、マダム。ただ、ある貴重な品が紛失しましてね」

　おれの背後で警備員が動いている気配がした。

「だから、こうして一緒にいて、わたしたちと持ち物を守ってくださっているのね」

「そんなとこです、マダム」警官の視線がわずかに動いた。きっと背後の警備員に目配せしたのだろう。「ですから、何か不審なことやものを見かけたら、すぐに警備に連絡してください」

　どうやら質問は終わった。警官はわきに寄り、おれたちに道をあけた。ほっとして行こうとしたとき、リンディが言った。

「こんなところまで食べ物を探しにくるなんて、悪ふざけが過ぎましたわ。実は、あそこのお菓子をちょっとつまむつもりだったんですけど、何かのイベント用かなと思って、やめました。せっかくの形を崩したらもったいないですものね」

「ここのルームサービスはいいですよ」と警官が言った。「二十四時間営業だしね」

おれが腕を引っ張っても、リンディはしゃべりつづけた。これは犯罪者のスリルを楽しんでいるのか、挑発か。

「何かお頼みになったと言ってましたよね、お巡りさん？」

「ああ」

「いかがでした」

「うまかったよ。あなた方にもお勧めする」

「さ、捜査の邪魔ですよ。行きましょう」おれはそう言って腕を引っ張ったが、リンディは動こうとしなかった。

「お巡りさん、一つうかがってよろしいかしら」と言った。

「どうぞ」

「いま、不審なことやものとおっしゃいましたけど、ご自身も何かお気づきじゃありません？」

「何のことです、マダム？」

「わたしたちですよ。ほら、顔が包帯でぐるぐる巻きですもの。お気づきでした？」

警官はリンディの言葉の真偽を確かめるように、おれたちを注意深く見つめた。そして、「確かに気づいていましたがね、マダム、個人的な感想は差し控えました」と言った。

「あら」リンディはそう言って、おれを見た。「とても思いやりのある方々」

「行きましょう」今度はかなりの力を込め、リンディを引っ張った。出口にたどり着くまで、男たち二人の視線を背中に感じつづけた。


うわべは落ち着き払い、ボールルームを悠々と引き返した。だが、大きなスイングドアを抜けたとたん、パニックを抑えられなくなった。小走りになり、リンディに引かれるまま建物の中を移動した。腕をからめ合った不自由な走りだったから、あちこちでつまずいたり、ぶつかり合ったりしたが、なんとか業務用エレベーターに転がり込んで、ドアを閉じた。上昇が始まると、リンディがようやくおれの腕を放した。金属製の壁に寄りかかり、不気味な音を漏らしはじめた。ヒステリックな笑い声が包帯を通すとこんな音になることを、おれは初めて知った。

エレベーターから出ると、リンディはまた腕をからめてきて、「もう大丈夫」と言った。「これからいいところに連れてってあげる。すごい場所よ。これ、わかる?」とキーカードをかざした。「これで何ができるか見てみましょう」

リンディのカードにかかると、〈部外者禁止〉のドアも〈危険——立ち入り禁止〉のドアも簡単に開く。たちまち、おれたちはペンキと漆喰《しっくい》の臭いがする空間に立っていた。壁や天井からはケーブルが垂れ下がり、冷たい床にはペンキが飛び散って、まだらになっている。こんなに内部がよく見えるのは、部屋の一側面が完全なガラス張りになっていて、しかも、まだカーテンやブラインドで覆われていないからだ。外部からの明かりが空間を満たし、黄色っぽい縞模様を作っていた。ここはおれたちの階より高い。目の前には、まるでフリーウェイ周辺の上空をヘリコプターで飛んでいるような景色があった。

「新しく貴賓室ができるのよ」とリンディが言った。「ここはいいわ。まだ明かりのスイッチがないし、絨毯もないけど、形はだんだん整ってきてる。初めて見たときはどうなるかと思ったけど、もう完成形が想像できるわね。ソファーも入ったし」

部屋の中央には何やら大きな物体があり、シートですっぽり覆われていた。リンディは旧友に挨拶するような気軽さで、それにどすんとすわり込んだ。「この部屋はわたしのために作られている」と言った。「空想だけど、でも半分は信じてる。だからここに来るの。これ全部がそう。みんなでわたしを助けてくれている。わたしの未来を築いてくれている。最初は手のつけられない場所だったのに、いまはどう？　だんだん形になってきた。すごい部屋になるわ」リンディは自分の横をぽんぽんと叩いた。「いらっしゃい、スティーブ。一休みよ。わたしはくたくた。あなたもでしょ？」

シートで覆われたそのソファー（だか何だか）は、驚くほどすわり心地がよかった。深々と沈み込むと、全身に疲労の波が押し寄せてきた。

「すごく眠い」リンディはそう言って、おれの肩にもたれかかった。「すてきな場所じゃない？　初めて来たとき、スロットにキーカードが残ってたの」

しばらく黙っていると、おれまで眠りそうになった。そのとき、あることを思い出した。

「そうだ、リンディ」

「ん？」

「あのトロフィーはどうなりました」

「トロフィー？　ああ、トロフィー。隠したわよ。ほかにどうできて？　ね、スティーブ、あれはやっぱりあなたがもらうべきだと思う。今夜、わたしが贈呈したことに何か意味があったことを願うわ。あれ、ただの気まぐれじゃなくて、考えたのよ。じっくり考えた。あなたにとってどれほどの意味があるかは疑問だけど……十年後、二十年後、あなたは忘れてしまってるかしらね」

「覚えてますよ、きっと。心にとても響きました。でも、隠したって、どこへ？」

「ん……？」リンディはまた眠りかけていた。「隠せる場所なんて七面鳥の中しかないでしょ？」

「七面鳥の中？」

「そう。九歳のときにね、まったく同じことをしたことがあるの。姉のきらきら玉を七面鳥の中に隠しちゃった。それをふと思い出して。わたしって頭がいい？」

「すごく頭がいい」おれはとても疲れていたが、なんとか意識を集中した。「でも、うまく隠せましたか。もうあの警官たちに見つかってるなんてことは……？」

「そんなはずない。先っぽが突き出てやしないかって心配してるなら、それはないわよ。だから、七面鳥のお腹を探ろうなんて誰も思いつかないはず。後ろ手で押し込んだの――こうやって、一度も振り返らずにね。振り返ったりしたら、何をしてるんだって、あの人たちに不審がられるもの。……ひょこっと思いついたんじゃないのよ、あなたにあげようと決めたのは。真剣に考えたの。あなたに何か意味のあることだったのを願うわ。ああ、眠い……」

リンディはおれにもたれかかり、次の瞬間には鼾《いびき》のような音を立てていた。手術箇所は大丈夫なのか。おれはリンディの頰が肩に当たらないよう、頭の位置をそっと変えてやってから、自分でも眠った。

はっとして目が覚めた。前方の大きな窓にはもう夜明けが兆《きざ》していた。リンディはまだぐっすり眠っていて、おれは起こさないよう、そっと体を引き離すと、立ち上がって思い切り伸びをした。窓際に行き、青白い空と、はるか下のフリーウェイを見た。眠りに落ちる寸前、何かが気になっていたが何だったたか……。思い出そうとしたが、頭の中はまだくたびれきっていて、眠気の靄《もや》がかかっている。だが……そうだ、思い出した。おれは慌ててソファーに戻り、リンディを揺り起こした。

「何？　何？　どうしたの？」リンディは目も開けずに言った。

「リンディ」とおれは呼んだ。「トロフィーですよ。あれを忘れてました」

「七面鳥の中。話したでしょ？」

「それはわかりましたが……いいですか、あの警官には見つからずにすんだとしても、いずれ誰かが見つけます。いまこの瞬間にも、腹が割かれてるかもしれない」

「だから、何？　見つかったらまずいの？」

「見つけた人は、その大発見を報告しますよ。七面鳥の横に立ってたんですから」

あの警官が聞いたら、当然、おれたちを疑います。なにしろあそこにいて、七面鳥の横に立ってたんですから」

リンディの目がだんだん開いてきた。「そうか。なるほどね」と言った。

「トロフィーが七面鳥の腹で見つかったら、二人は犯罪者です」

「犯罪者って……大げさじゃない？」

「具体名は何でもいいですよ。とにかくあそこに戻って、七面鳥から取り出さないと一大事です。そのあとはどこにどう放り出してもいい。でも、あのまま七面鳥の腹の中というのはだめです」

「スティーブ、ほんとにやらないとだめ？　まだくたびれてて……」

「やるんです、リンディ。あのままだと、実にやっかいなことになる。マスコミが大騒ぎします」

リンディはしばらく考えていた。背すじが段階式にぐいぐいぐいと伸びてきて、顔がおれを見上げた。「わかったわ。じゃ、戻りましょう」

廊下を歩いていると、あちこちで掃除機の音がし、人の話し声が聞こえたが、なんとか誰にも見つからずボールルームに戻ることができた。もう辺りが見えるだけの明るさになっていた。両開きのドアのわきにプレートが見え、プラスチックの文字を貼り付けて〈J・A・プール洗浄社朝食会場〉と書いてあった。リンディがそれを指差した。

「オフィスが見つからなくて当然よ」と言った。「違うボールルームだったのね」

「ま、どうでもいいです。あれはいまここにあるんですから」

おれたちはボールルームを突っ切り、そっと配膳室に入った。やはり薄暗い明かりがついたままになっていて、いまは換気窓から多少の自然光も射し込んでいる。人の姿はない。だが、作業カウンターを見やったとき、これは面倒なことになったと思った。

「誰かがここに来たようですよ」

リンディは通路を何歩か進み、ぐるりと見回して、「そのようね」と言った。

前夜は缶にトレーにケーキボックス、大皿に銀色のドーム蓋があったのに、それがすっかり消えていた。代わりにいまあるのは、一定間隔できちんと積み重ねられた皿の山とナプキンだ。

「食べ物は全部移された……と。問題はどこへ移されたかだ」

リンディはさらに奥まで通路を進み、振り返った。「覚えてる、スティーブ？　わたしたち、昨日ここで、あの男たちが来る前にちょっと言い合いをしたでしょ？」

「覚えてますよ。でも、蒸し返さんでください。無礼だったのはわかってます」

「そうね、忘れましょう。さて、あの七面鳥はどこかしら」リンディはもう一度ぐるりと見回した。「あのね、スティーブ、わたし子供の頃は歌って踊れる女優になりたかったの。すごくなりたくて、だからすごく努力した。どれほど努力したか、神のみぞ知るよ。でも、だめ。何をやっても笑われた。この世は不公平だって恨んだわ。でも、少し大きくなってから、結局、それほど不公平でもないのかなって思うようになった。わたしみたいにとくに才能に恵まれてない女にも、チャンスがないわけじゃない。目立てる場所がある。その他大勢の一人に甘んじることはない。簡単なことじゃないし、必死でがんばる必要があるし、他人の目なんか気にしてちゃだめだけど、でも絶対にチャンスはある」

「あなたなら胸を張って言えますね」

「この世って、つくづく面白いわ。絶対に目のつけどころがよかったと思う……あ、あなたの奥さんのことね。手術を受けなさい、なんて」

「女房を巻き込まんでください。おっと、リンディ、あそこ。あの先はどうなってます？」

部屋の奥、カウンターの向こう端に短い階段が見えた。三段上ると、その先に緑色のドアがある。

「拝見しましょ」とリンディが言った。

先ほどのドア同様、用心深く開けてみた。とたんに、しばらく方向感覚がおかしくなった。ドアの先は真っ暗闇で、どちらを向いてもカーテンらしきものや防水布らしきものにぶつかった。リンディは先に行っていたが、手に懐中電灯があるぶん、おれよりましのようだ。おれのために足元を照らしながら待っていてくれた。おれはよろよろと暗闇に踏み込んだ。

「話したがらないことには気づいていたわよ」とリンディがささやいた。「あ、また奥さんのことね」

「それはちょっと違います」とおれもささやき返した。「ここはどこです」

「で、奥さんはお見舞いに来ない、と」

「それは、いま必ずしも一緒にはいないからですよ。知りたがり屋で困ったもんだ」

「あら、ごめんなさい。詮索するつもりじゃなかったのに」

「詮索好きじゃないですもんね」

「スティーブ、見て。あったわよ」

リンディは、少し向こうにあるテーブルに懐中電灯を向けていた。白いテーブルクロスがかかっていて、銀色のドーム蓋が二個並んでいた。

おれは最初のドーム蓋に近づき、そっと持ち上げてみた。やった。丸々としたローストターキーが載っていた。おれは腹を探り当て、指を突っ込んだ。

「ここにはない」と言った。

「深く探らないとだめよ。思い切り入れたんだから。こういう鳥って、思ってるより大きいのよ」

「こっちにはないってことです。ここを照らしてみてください。こっちのやつも調べてみましょう」おれは二番目の七面鳥の蓋をそっとはずした。

「スティーブ、それは間違いよ。話すのを極まり悪がってちゃだめ」

「何のことです」

「あなたと奥さんが別れたことよ」

「誰が別れたなんて言いました。言ってないでしょう?」

「あら、てっきり……」

「必ずしも一緒じゃない、と言ったんです。別れたってのとは違うでしょう？」

「同じように聞こえるけど……」

「違いますよ。一時的に——ちょっと試しに——一緒じゃないだけです。おっと、何か触れた。何かあるぞ。こいつだ」

「引っ張り出すのよ、スティーブ」

「ほかにどうしろと？　こりゃ、すごい。よくもまあ、こんなに深くまで……」

「シッ、外に誰かいる」

最初は何人いるのかよくわからなかったが、近づいてくる声で、ただ一人だとわかった。携帯電話に向かってしゃべりながら近づいてくる。それに、おれたちがいまいる場所も正確にわかった。舞台裏のどこかに迷い込んだつもりでいたが、そうではない。ここはステージの上だ。おれの目の前にあるカーテン様のものは幕で、ボールルームとステージはいまこれ一枚で隔てられている。携帯電話の男は、ステージに向かってボールルームを突っ切ってくる。

おれはリンディに懐中電灯を消すように言い、ステージがまた真っ暗になった。耳元で「ずらかるわよ」というリンディのささやきが聞こえ、抜き足差し足で遠ざかっていく気配があった。おれは、もう一度、七面鳥から小像を引っ張り出そうとした。だが、音を立てずにやるのは難しく、おまけに像は滑ってつかみにくかった。

声はどんどん近づいてきた。もうおれの目の前まで来ているのではなかろうか。

「……ぼくのせいにするなよ、ラリー。メニューカードにはロゴが必要なんだ。どうやるかなんて、ぼくの知ったことか。うん、じゃ、そっちでやってくれるんだな。そうだ。そっちでやって、ここへ持ってきてくれ。だから、どうやろうと、こっちは知らん。とにかく、今朝の遅くとも七時半にここへ頼む。ないと困るんだ。テーブルはちゃんとできてる。数は十分にある。間違いない。その点はチェックしておくから。そうだ。そう。ああ、いまからやるから」

この最後の部分は、近づきながらというより、部屋を横に移動しながら言っているように聞こえた。きっと、壁の配電盤に行き、何かのスイッチを入れたのだろう。おれの真上がいきなり明るくなって、強烈な光線が降ってきた。さらに、エアコンのスイッチが入ったような音が聞こえてきた。ただ……これはエアコンではない。目の前の幕が開いていく音だ。

おれのミュージシャン人生で、これまでに二度、ステージ上で同じ経験をしたことがある。これからソロを吹こうというとき、突然、頭が真っ白になった。キーもわからないし、コード変更もわからない。二度とも、ほかのメンバーが助けに入ってくれるまで、まるで映画のスチール写真の人物のようにその場に凍りついていた。まあ、二十年のプロ人生でたった二度だけの体験だから、ましなほうだろう。だが、いま真上からスポットライトで照らされ、目の前の幕が開きはじめたとき、それと同じことが起こった。おれはその場に凍りつき、自分が自分でないような不思議な気分になった。幕が開き切ったとき何が見えるだろうかと、暢気《のんき》なことをぼんやり考えていた。

見えてきたのはボールルームだ。一段高いステージから見ると、テーブルが二列、すぐ手前から部屋の向こう端までずらりと平行に並んでいた。真上から照らすスポットライトのせいで、部屋全体が少し陰っていたが、シャンデリアと天井の派手な模様も見てとれた。

携帯電話の男は、開襟シャツの上に白っぽいスーツを着ていた。明らかに太りすぎで、おまけに禿《は》げてもいる。スイッチを入れて、すぐに壁から離れたのだろう。いまはおれのほぼ真ん前まで来ていた。携帯電話を耳に押し当てていて、表情を見るかぎり相手の言葉にじっと聞き入っている印象だが、たぶん違う。男の目はおれに釘付けになっていた。男はおれを見つめつづけ、おれは男を見つめつづけた。男がいきなり電話に向かって話しはじめなかったら、その状態が延々とつづいていたかもしれない。

たぶん、なぜ急に黙り込んだのか、相手が不審に思ったのだろう。

「何でもない、何でもない。ただの男だ」そこで少し言葉が途切れて、また「最初は何か別のものかと思ったが、大丈夫、人だ」と始めた。「頭に包帯をぐるぐる巻いて、ナイトガウンを着てる男。そう、それだけ。いまはよく見える。たださ、手にチキンだか何だか、妙なものを持ってるんだよ」

おれは背すじを伸ばし、本能的に肩をすくめる動作の中で、両腕を横に広げようとした。だが、右手がまだ手首まですっぽりと七面鳥の中に入っていたから、その重さで、せっかく伸ばしかけた腕ががくんと下に落ちた。ま、見られてしまったなら、もう何も隠す必要はないわけだ。おれは大っぴらに抜き取り作業を再開した。どんなことをしてでも、右手とトロフィーを七面鳥の腹から抜き取らねばならない。その間、男は電話に向かってしゃべりつづけていた。

「いや、いま言ったとおりよ。今度はそのチキンを振り落とそうとしてるぞ。待て、何か取り出した……おい、君、それはなんだい。ワニか？」

最後のいくつかの言葉は、おれに向けられたものだ。何の警戒心もない。おれはトロフィーを両手に持ち、もはや用なしになった七面鳥をどさりと床に落とした。背後の暗闇に逃げ込むおれを、電話に語りかける男の言葉が追いかけてきた。

「ぼくにわかるはずがないだろ。手品か何かじゃないのか」

おれたちのフロアまでどうやって戻ったのか、よく覚えていない。ステージから下りるとき、垂れ下がる幕の合間で迷子になったが、リンディが手で引っ張り出してくれた。次に気づいたときは、二人でホテルの中を走っていた。いくら物音を立てようと、誰に見られようと、もうかまわずに走っていた。途中、どこかの客室の外にルームサービスのトレーを見つけ、夕食の食べ残しの横にトロフィーを置いてきた。

リンディの部屋に帰り着くと、二人でソファーに倒れ込み、笑った。互いに支え合わないと倒れてしまうほどに笑った。やがてリンディが立ち上がり、窓際に行ってブラインドを上げた。曇り空の朝ながら、もう外は明るい。リンディはキャビネットに行き、カクテルを作った。「世界一セクシーなアルコール抜きカクテルよ」と言い、おれにグラスを持ってきた。そのまま横にすわるのかと思ったが、自分のグラスの中身をすすりながら、また窓まで歩いていった。

しばらくして、「包帯がとれるの、楽しみじゃない、スティーブ？」と言った。

「まあ、それなりに」

「先週は、そんなこと考えもしなかったのにね。ずっと先のことのように思えたのに、もうすぐだわ」

「そうですね。おれもそうだ」そう言ってから、「何てこった」とそっと付け加えた。

リンディはドリンクをなめながら窓の外を見ていたが、「あら、スティーブ、どうかしたの？」と声をかけてきた。

「いや、何も。ちょっと睡眠不足……それだけです」

リンディはしばらくおれを見つめつづけた。やがて、「ね、スティーブ」と言った。

「大丈夫よ、ボリスは最高だから。まあ、見てなさい」

「ええ」

「ほんとにどうしたの？　あのね、これはわたしの三回目。ボリスとは二回目。大丈夫、問題ないわよ。きっと自分を見違える。絶対よ。そして、あなたのミュージシャン人生が離陸するのよ」

「そうでしょうか」

「疑っちゃだめ。わたしを信じなさい。いままでとは全然違って、あなたは雑誌にもテレビにも引っ張りだこよ」

おれは何も言わなかった。

「こら、こら」リンディはおれに数歩近づいた。「元気を出しなさい。わたしにまだ怒ってるんじゃないでしょうね。ボールルームじゃ仲良しコンビだったでしょ？ それにね……言っちゃおうかな。これからは、わたしもあなたのチームの一員よ。あなたはとんでもない天才。あなたに運命が微笑むよう、わたしも協力する」

「うまくいかないですよ、リンディ」おれは首を横に振った。「きっとだめだ」

「何言ってるの。わたしがみんなに話す。あなたに便宜《べんぎ》を図ってくれそうな人たちみんなに」

おれは首を振りつづけた。「お気持ちには感謝します。でも、無駄です。きっとだめだ。最初から無理だったんだ。ブラッドリーに乗せられるなんて、どうかしてた」

「どうしたのよ。そりゃ、もうトニーの妻じゃないけど、これでもまだ友達はいっぱいいいるのよ？」

「もちろん、わかってます。でもね、リンディ、無駄なんですよ。ブラッドリー――って、おれのマネージャーです――こいつにうまく言いくるめられた。耳を貸したおれがばかだったが、あのときはどうしようもなかった。参ってたところへ、あいつが妙な理屈をこねて……。女房のヘレンの巧妙な企みだって言うんです。ヘレンは去ったんじゃない。これは計画の一部だ。全部、おれのためにやってること、おれに手術を受けさせるためだ。包帯がとれて、おれに新しい顔ができたとき、ヘレンは戻ってくる。昔どおりになる。ブラッドリーはそう言ったんです。聞きながら、でたらめだってわかってましたよ。でも、おれに何ができました？　少なくとも、希望らしきものではあった。ブラッドリーはそれを利用したんだ。うまく利用したんだ。そういう男なんです。人間のくずめ。あいつの頭は金儲けでいっぱいだ。メジャーになりたい。それだけだ。ヘレンが戻ろうと戻るまいと、あいつにはどうでもいい」

おれは黙り、リンディも長いこと何も言わなかった。やがて、こう言った。

「スティーブ、聞いて。奥さんが戻ってくれるといいし、わたしもそれを願ってる。でもよ、戻ってこなかったときは、それはそれで頭を切り替えなくちゃ。奥さんはすてきな人だったんでしょう。でもね、人生って、誰か一人を愛することよりずっと大きいんだと思う。あなたはその人生に出ていくべき人よ、スティーブ。あなたみたいな人はその他大勢と一緒にいちゃだめ。わたしをご覧なさい。この包帯がとれたって、はたして二十年前に戻れるかどうかわかりゃしない。それに独身だったときなんて、もう大昔だしね。でも、わたしは出ていって、やってみる」そう言いながら、リンディはおれの前に来て、ぐいと肩を押した。「あなたはただ疲れてるだけ。少し寝たら気分も直る。覚えといて。ボリスは最高よ。あなたもわたしも大丈夫。いまにわかる」

おれはテーブルにグラスを置いて、立ち上がった。「そうですね。あなたの言うとおり、ボリスは最高だ。そして、おれたちは下でいいコンビだった」

「そうよ、最高のコンビだった」

おれは両腕を前に伸ばして、リンディの肩に手を置いた。そして、包帯の上から左右の頰にキスをした。「あなたもゆっくり休んでください。また来ます。チェスのつづきをやりましょう」


だが、その朝以後、二人はもうあまり顔を合わせることがなかった。後になって思うと、あの夜、おれは何かまずいことを言ったような気もする。たぶん、謝るべき何か、少なくとも釈明が必要な何かを……。だが、リンディの部屋になんとか帰り着き、ソファーの上で二人して笑い転げたとき、もう謝罪や釈明は不要に思えた。むしろ、蒸し返すのは正しくないことにさえ思えた。朝、別れたとき、二人はもうそんな段階をとうに越えていたと思う。だが、リンディの気分の変わりやすさは、これまででおわかりのとおりだ。後になって何かを思い出し、あらためて怒り心頭に発したのかもしれない。ありえなくはない。いずれにせよ、あの日、おれはリンディから電話が来るのを待っていたが、電話は来なかった。次の日も来なかった。隣の部屋からは、壁越しに、大音量で鳴るトニー・ガードナーのレコードが何曲も何曲も聞こえてきた。

四日ほどして、また会うことは会った。いちおう歓迎してくれたが、なんとなくよそよそしかった。最初のとき同様、有名人の友達のことをしゃべりまくりながら、おれの後押し云々《うんぬん》には一言も触れなかった。もちろん、おれはそれでかまわない。チェスも指してみたが、電話がひっきりなしに鳴り、そのたびにリンディは寝室に行って受けていた。

そして二日前の晩、おれの部屋にノックがあり、これからチェックアウトする、と言った。ボリス医師が回復状態に満足して、自宅で包帯をとることを許可した。おれたちは和やかに別れを言い合った。だが、ほんとうの別れは、実はもうすんでいたと思う。あの朝、逃走劇のあと、おれがリンディの肩に手を置いて両頰にキスしたとき──あれが別れだったのだと思う。

リンディ・ガードナーのお隣さんだったという話は、これで終わりだ。リンディには幸運を祈っている。おれの包帯がとれるまであと六日、楽器を吹く許可が出るのはもっと先のことになる。だが、おれもいまはこの生活に慣れて、いらいらせずに過ごせるようになった。昨日はヘレンから見舞いの電話があった。リンディ・ガードナーと知り合いになったと話したら、とても驚いていた。

「あの人、また結婚したんじゃなかった？」とヘレンは言った。訂正してやると、「ああ、そうだった」と言った。「もう一人のほうを考えてたわ。ほら……なんてったっけ？」

おれたちはどうでもいいことをしゃべり合った。テレビであれを見た。友達が赤ちゃんを連れてきた。そして、プレンダガストがおれによろしくと言っていた……。それを言うとき、ヘレンの声は明らかにこわばっていた。おれは危うく茶々を入れそうになった。「おや、色男の名前がなんだか言いにくそうだな」とか。だが、余計なことはやめ、こちらからもよろしく、とだけ言った。そのあと、もうプレンダガストの名前は出なかった。まあ、どうせおれの思い過ごしだ。ヘレンはたぶん、「彼には大いに感謝してるよ」とおれに言わせたかっただけだろう。

ヘレンが電話を切る直前、おれは「愛してるよ」と言った。夫や妻が電話の最後に決まってつけるあの早口の一言だ。数秒間の沈黙があって、ヘレンも同じ口調で同じことを言い、電話を切った。いったいどういう意味だったのだろう。ともあれ、包帯がとれるのを待つ以外、いまのおれには何もすることがない。とれたらどうなる？　リンディの言うとおり、頭を切り替える必要があるのだろうか。人生は、ほんとうに一人の人間を愛することより大きいのだろうか。これは人生の転機なのか。おれはメジャーになれるのか。はたして、リンディは正しいのだろうか。

チェリスト　*Cellists*

《ゴッドファーザー》を演奏するのは、昼食後これが三回目になる。私は広場にすわっている観光客を見渡しながら、二回目の演奏のときにいた顔がどれほど混じっているかを数えていた。好きな曲なら何度聞かされても気にしないという人は多いが、かといってあまり頻繁《ひんぱん》にやるわけにもいかない。度が過ぎると、レパートリーの少なさを疑われかねない。ただ、一年のいまどきは、同じ曲を何回か繰り返しても比較的安全な時期ではある。秋風の走りがときおり肌を刺し、加えてコーヒーの値段がばか高いとくれば、客はそれなりに回転する。ともあれ、私はそんな理由で広場の客の顔を見渡していて、そのなかにティボールを見つけた。

ティボールは腕を振っていた。最初は私たちに振っているのかと思ったが、すぐに、ウェイターを呼んでいるのだとわかった。以前より老け、少し太ってもいたが、ティボールであることは見間違えようがなかった。ちょうどサキソホンから手を離せない箇所に差しかかっていて、私は隣にすわるアコーディオンのフェビアンの脇腹を肘でつつき、ティボールのいる方向を目で指し示した。指し示しながら、ふとバンドを見回して、はっとした。ティボールと出会ったあの夏からメンバーが様変わりしている。いまに残っているのはフェビアンと私だけではないか。

確かにもう七年も経ってはいる。だが、気づけばやはりショックだ。こうやって毎日一緒に演奏していると、バンドはいわば家族になる。メンバーは兄弟になる。ときおり一人二人と離れていっても、なんとなくつながりは切れていないような気でいる。ベネチア、ロンドン、その他どこへ行っても、ちょうど生まれ故郷をふと思い出してはは家族に手紙を書くように、いずれ絵葉書くらいはよこすだろう、所属バンドのポラロイド写真くらい送ってくるだろう……そんな気がしている。だから、物事の移ろいやすさに気づかされるこんな瞬間は嫌なものだ。今日の親友が明日はヨーロッパ中に散っていって、ほとんど見知らぬ人となる。自分の行くこともないどこかの広場で、カフェで、《ゴッドファーザー》を演奏し、《枯葉》を演奏している。

曲が終わると、フェビアンがじろりとにらんだ。活躍の場面でよくも邪魔をしてくれたな、というところか。必ずしもソロというのではないが、バイオリンとクラリネットが鳴り止み、私も背景で静かな音符を吹きつづけ、アコーディオンだけで曲がもっている部分だ。不機嫌になるのも無理はない。私は釈明代わりにティボールを指差した。いま、パラソルの下でコーヒーを掻き回している。だが、フェビアンはなかなか思い出せないようだった。誰だ……。最後にようやく「そうか」と言った。「チェロの小僧か。あのアメリカ人の女とまだいるのかな」

「そんなはずはない」と私は言った。「忘れたのか。あのとき、すべて終わったじゃないか」

フェビアンは肩をすくめて、視線を楽譜に戻した。すぐに次の曲が始まった。

反応のなさに私はがっかりしたが、考えてみれば、七年前もフェビアンはこの若いチェリストにとくに関心を持っていたわけではなかった。バーやカフェでしか演奏したことがないフェビアンだ。当時バイオリンを弾いていたジャンカルロや、ベースだったエルネストとは違った。この二人は正式な音楽教育を受けていて、ティボールのような若者を見るとどうしても気にせずにいられなかった。ティボールが一流の音楽教育を受けていて、まだ若く、将来が開けていることに多少の嫉妬心はあったろうが、それ以上に、この世のティボールたちを見ると自然にかばってやりたくなったのだと思う。面倒を見てやって、今後何があってもよいように——仮に落胆する事態が生じてもひどい衝撃を受けないように——心の準備をさせておいてやりたかったのだと思う。

七年前のあの夏は異常なほど暑かった。私たちのいるこの町でさえ、とてもアドリア海に面しているとは思えない暑い日が何日もあった。戸外での演奏は四カ月以上もつづく。カフェの日除けの下とはいえ、広場に並ぶテーブル群に向かって演奏するのは実に暑い。周囲で扇風機を二、三台回すくらいでは、とても追いつかない。だが、観光シーズンとしてはよかった。ドイツ人やオーストリア人が大勢やってきて、イタリア国内からも避暑目的で人々が浜辺に押し寄せた。それに、ロシア人が目立ちはじめたのもあの夏だ。いまではロシア人観光客がいてもどうということはない。ほかの国の客とどとくに変わらないが、当時は珍しく、わざわざ立ち止まって、じろじろ見たりするほどだった。着ている服が風変わりで、新入学の生徒のようにおずおずと歩き回っていた。初めてティボールを見たとき、私たちは休憩中で、カフェ側がいつも用意してくれているバンド専用のテーブルで一息ついていた。ティボールは近くにすわり、チェロケースが直射日光を受けないよう、絶えず立ち上がっては置き場所を変えていた。

「見ろ」とジャンカルロが言った。「音楽学校のロシア人学生ってとこかな。貧乏ですることがない。で、暇つぶしにどうする？　大広場で乏《とぼ》しい金の無駄遣いだ」

「間違いなくばかだな」とエルネストが言った。「が、ロマンチストのばかだ。午後いっぱい広場にいられたら飢え死にしても幸せだってよ」

ティボールは砂色の髪の痩せた若者で、時代遅れの眼鏡をしていた。フレームが大きくて、パンダのように見える。毎日毎日、広場に現れた。どういうきっかけだったかは忘れたが、やがて私たちの休憩時に一緒のテーブルで話をするようになった。たまに夕方の演奏時にカフェに来るようなときは、終了後に私たちが招いて、ワインとクロスティーニをおごったりもした。

ティボールはロシア人でなくハンガリー人とわかった。ロンドンの王立音楽院ですでに学んでいて、その後ウィーンで二年間、オレグ・ペトロビッチの指導を受けていたというから、たぶん年も見かけよりいっていたのだと思う。この老マエストロの癇《かん》癪《しゃく》は伝説的だ。ティボールも最初はいろいろ苦労したようだが、なんとか乗り切って、ウィーンを離れたときは自信満々だった。しばらくヨーロッパ各地を転々とし、小さいながら名の知れた場所でコンサート活動をつづけていたが、やがて、客の入りの悪さからコンサートがキャンセルされるようになり、嫌いな音楽でもやらざるをえなくなった。宿泊施設も高すぎたり、劣悪だったりした。

だから、その夏、私の町で芸術文化祭が盛大に催され、そこに招かれたことは、ティボールにとって気分的に大きな励《はげ》みになった。王立音楽院時代の旧友と再会するというおまけまでついて、運河近くのアパートを夏の間無料で貸そうという申し出を受けた。一も二もなく飛びついた。この町の生活は楽しい、とティボールは言った。ただ、現金の乏しさは常に問題で、ときどきリサイタルの口はあるものの、今後どうしたものか、いま考えあぐねている……。

こんな悩み事を聞かされて黙っていられるジャンカルロとエルネストではない。ティボールのために力を貸してやろうと考えた。アムステルダムから来たカウフマン氏と会えたのは、二人の尽力があったればこそだ。カウフマン氏はジャンカルロの遠い親戚で、ホテル業界にコネがある。

あの夜のことはよく覚えている。まだ初夏と言える時期で、カウフマン氏、ジャンカルロ、エルネスト、そして私たち全員がカフェの奥の部屋に集まり、ティボールのチェロ演奏を聞いた。カウフマン氏を迎えてのオーディションであることはティボールにもよくわかっていて、やる気満々で臨《のぞ》んでいた。いま思い出しても微笑ましい。演奏後は、私たちへの感謝でいっぱいだった。アムステルダムに戻ったらできるだけのことはしてみる、というカウフマン氏の約束にも、とても喜んでいた。だが、一夏の間にティボールはすっかり変わった……ように見えた。態度がでかくなった、と周囲は言い、それもこれもあのアメリカ女のせいだ、と言った。まあ、たぶん、まったく根拠のない言い分でもなかったろう。

ティボールはその日最初のコーヒーをすすりながら、女に気づいた。広場のカフェ側は、昼近くまで影の中にある。清掃作業員による散水で敷石もまだ濡れていて、辺りは涼しく、気持ちがよかった。女は隣のテーブルにいて、いろいろなフルーツジュースを注文し、さらに何を思ったのか、まだ十時にもなっていないのにムール貝のワイン蒸しまで一皿頼んでいた。朝食を抜いたティボールとしては、女を見る眼差《まなざ》しにどうしても羨望が混じる。女の様子を盗み見ながら、なんとなく向こうからの視線も感じていた。どうも、ちらちらと見られているような印象があったが、とくに気にはとめていなかった。

「感じのよい人で、美しいとさえ言えました」と、ティボールはのちに語った。「でも、ほら、十とか十五ほども年上でしたから、何かが起こりそうだなんて思うわけがありません」

そのまま女のことは忘れ、やがて帰り支度を始めた。アパートの隣人は昼食に戻ってくるとすぐにラジオをつけるが、それまでにまだ二時間は練習できる……。そんなことを思いながら、ふと前を向くと、そこに女が立っていた。

顔全体をほころばせ、以前からの知り合いのような気安さで立っていた。ティボールは思わず挨拶《あいさつ》しそうになった。辛うじて思いとどまったのは、生来《せいらい》の内気さからだ。女はティボールの肩に手を置いた。テストは不合格でしたが、今回は許します――そんな感じのしぐさだったという。そして、「先日、リサイタルを拝聴しましたよ。サンロレンツォで」と言った。

「はあ」と答えながら、なんと間の抜けた受け答えだろうと思った。女は笑顔のまま見つめつづけている。ティボールは「ああ、そうでした」とつづけた。「サンロレンツォ教会ですね。確かにあそこでもリサイタルをしました」

女は声を出して笑い、いきなりティボールの前の椅子に腰を下ろした。「なんだか、最近コンサートつづきみたいな言い方をなさるのね」と言った。声にからかうような響きがあった。

「そうお感じになったとしたら申し訳ありません。最近の二カ月間では、あれがただ一度のリサイタルでした」

「でも、新人ですもの。リサイタルをさせてもらえるだけで大したものです。それにかなりの人数が来ていましたし」

「かなりの人数？　二十四人だけでしたよ」

「午後ですもの。午後のリサイタルとしてはかなりの数です」

「文句など言えませんが、でも大勢ではありません。ほかにすることのない観光客が集まっただけです」

「あら、そうばかにしたものでもありませんよ。だって、わたしもその観光客の一人でしたもの」言われて、女を怒らせた可能性を思い、ティボールは顔を赤らめた。女はにこりとしてティボールの腕に触れ、「新人ですもの」と繰り返した。「聴衆の人数など気にしてどうします。そのための演奏ではないでしょう？」

「でも、聴衆のためでないとしたら、演奏の理由がありません」

「そういう意味ではなくて、あなたの音楽人生のこの段階では、聴衆が二十人でも二百人でも関係ないと言いたいのですよ。なぜ関係ないのか？　それは、あなたにはあるからです」

「ある？」

「そう、間違いなく……あなたには可能性があります」

ティボールは思わず笑い出しそうになって、こらえた。相手より自分を責める気持ちのほうが強かった。「天才」とか、少なくとも「才能」くらいは言ってもらえるだろうと期待する気持ちがあったことに気づき、そんな感想を期待するほど自惚《うぬぼ》れていたことに衝撃を受けた。女はつづけた。

「あなたがいまの段階でなすべきは、ある誰かが現れて、あなたを聞いてくれるのを待つことです。その誰かが火曜日にあの場所にいたとしても少しも不思議ではありません。ほんの二十人の聴衆であってもね」

「二十四人です。ほかに組織委員会の関係者も数人……」

「では二十四人。とにかく、人数は問題ではないと言っているのです。問題はその一人、その誰かです」

「レコード会社の誰かということですか」

「レコード会社？　とんでもない。そんなことは、いずれなるようになります。いいえ、わたしが言うのは、あなたを開花させてくれる誰かです。あなたの演奏を聞き、ただ訓練を積んだだけの凡庸な音楽家ではないと気づいてくれる誰か。まだ蛹《さなぎ》だけれど、ちょっと手助けしてやれば蝶に変身すると気づいてくれる誰かです」

「なるほど。で、ひょっとしてあなたもその誰かだ、と？」

「その言い方はないでしょう。誇り高い若者であることはわかりますが、現在のあなたに大勢の指導者候補が押しかけてくるようには思えませんせんよ。少なくとも、わたしのレベルの人は……」

ティボールははっとし、自分は恐ろしい過ちをするところだったのではなかろうか、と思った。そして女の顔を注意深く見つめた。いまサングラスをはずしていて、顔全体がよく見える。基本的には優しく親切そうな表情だが、動揺と、たぶん怒りも、すぐそこにある。何者だろう。なんとか思い出そうとして相手を見つめつづけたが、最後にこう言わざるをえなかった。

「申し訳ありません。高名な音楽家でいらっしゃいますか」

「わたしはエロイーズ・マコーマックです」女は笑顔で名乗り、手を差し出した。だが、まったく聞き覚えのないその名前に、ティボールはどうしてよいかわからなかった。最初は驚きを装《よそお》うかと思い、実際に「ほんとうに？　これは驚きです」と言いさえした。だが、すぐに思い直した。そんな対応は不誠実だし、たちまち見破られる。そうなったらいっそう困った立場に追いやられる。ティボールはすわったまま姿勢を正し、こう言った。

「ミス・マコーマック、お会いできて光栄です。あなたにとっては信じられないことでしょうが、ぼくの未熟さに免じて——そして鉄のカーテンの向こう、旧共産圏で育ったという事情に免じて——お許しください。西側ではどの家庭でも常識として語られている映画スターや政治家の名前さえ、今日に至るまでぼくには苦手です。あなたを存じ上げないことを、どうぞお許しください」

「もちろん……正直は美徳です」と言いはしたものの、女の気に障ったことは明らかだった。明るく朗《ほが》らかだった表情がたちまち曇っていった。

気まずい一瞬ののち、「名高い音楽家でいらっしゃるのでしょうね」とティボールが言った。

女はうなずき、広場の向こう側を見やった。

「もう一度謝らなければなりません。リサイタルに来ていただけたのは光栄です。楽器をおうかがいしてよろしいでしょうか」

「あなたと同じチェロです。だから入ってみたわけで……。ああいう小さなリサイタルでも、入ってみずにいられません。素通りできないのは、たぶん、使命感のなせる業ですね」

「使命感?」

「ほかにどう呼んでいいのか……。わたしはすべてのチェリストに上手に、美しく演奏してほしい。間違った演奏が多すぎますのでね」

「お聞かせください。間違った演奏というのは、ぼくたちチェリストだけのことですか。それともすべての音楽家のことですか」

「ほかの楽器にも言えるかもしれません。でも、わたし自身はチェロですから、ほかのチェリストの演奏を聞いて間違いを耳にすると……。先日も、若い音楽家の一団が市立博物館のロビーで演奏しているのを聞きました。博物館の客は平気で素通りしていきましたが、わたしは立ち止まって聞きました。そして、もう少しで走り寄って怒鳴りつけるところでした。危うく抑えましたけれど」

「間違った演奏でしたか」

「間違っているというより……音楽がないと言うべきでしょうね。音楽らしきものさえありませんでした。でも、わたしの要求が過大なのでしょう。自分に課す水準を他にも期待すべきでないことはわかっています。音楽学校のまだ生徒さんでしたしね」

女は初めて椅子の背にもたれ、広場中央の噴水に群れている子供たちを見やった。子供たちは水をかけ合って、はしゃいでいた。

やがて、「火曜日にも同じ衝動に駆られましたか」とティボールが尋ねた。「ぼくに走り寄って怒鳴りつけたい、と……？」

女はにこりとしたが、次の瞬間、厳しい表情になった。「ええ」と言った。「駆られました。あなたのチェロに、かつての自分を聞く思いがしましたから。残酷な言い方に聞こえたらごめんなさいね。でも、いまのあなたは道を踏み外しかけています。あなたの演奏を聞いて、正しい道に戻す手助けをして差し上げたいと思いました。それも、できるだけ早く」

「ぼくはこれでもオレグ・ペトロビッチの教えを受けています」ティボールは感情を込めずに言って、女の答えを待った。そして、女が笑いを抑えようとしているのを見て驚いた。

「ペトロビッチね……ええ」と女は言った。「かつてはそれなりの音楽家でした。教え子の目には、いまでも相当な人物に見えていることも知っています。でも、わたしたちにとっては、あの方の発想、アプローチそのものが……」女は首を横に振り、両腕を広げた。ティボールは、突然、怒りで口もきけなくなり、ただ女をにらみつけた。女はまたティボールの腕に触れ、「もう十分ね」と言った。「言う権利もないし、怒らせたくもありません」

女が立ち上がるのを見て、ティボールの怒りは少し収まった。もともとが鷹揚《おうよう》な性格で、いつまでも誰かに不機嫌でありつづけることができない。それに、かつての師

について この女の言ったことは、ティボール自身の心の奥底に不気味な共鳴を引き起こしていた。それは、あえて直視してこなかったある思いを呼び起こした。だから、再び女を見たとき、その表情にあったのは怒りより何より混乱だった。

「きっと、あなたはいま怒っていますね」と女は言った。「何も考えられないほどに。でも、わたしはあなたの手助けをしたい。もっと話し合いたいと思ったら、わたしのホテルはあそこ、エクセルシオールです」

この町で最大のそのホテルは、カフェとは広場をはさんで反対側にある。女はその方向を指差し、にこりと笑って、歩きはじめた。中央噴水の近くでくるりと向き直り、ティボールに手を振ってから、また歩きつづけた。数羽の鳩が女の動きに驚いて飛び立った。ティボールはずっと女を見つめつづけていた。

次の二日間、ティボールはこのときのやり取りを幾度となく考えた。自分が誇らしい思いでペトロビッチの名前を出したとき、女の口の周辺に浮かんだ薄笑いを思い出し、そのたびに新しく怒りが込み上げてきた。だが、あらためて思えば、あれは旧師のための怒りではなかったのだとわかる。これまで、旧師の名前を出せばそれなりの効果があることに慣れ切っていた。相手から注目され、敬意をもって迎えられることを期待できた。つまり、自分は旧師の名前を権威として世界に振りかざし、それに依存してきたのではなかったのか。あのときあれほど動揺したのは、ひょっとしたらこの権威には思っていたほどの威力がないという可能性に気づいたからではなかったか……？

別れ際に女が口にした誘いが心に浮かんでは消えた。何時間か広場で過ごす間、視線はしきりに広場の向こう側にさまよい出て、エクセルシオールホテルの大きな正面玄関に向かった。そこではタクシーやリムジンの流れが引きも切らず、ドアマンの前で止まってはまた発進していった。

エロイーズ・マコーマックと出会ってから三日目、ティボールはとうとう広場を横切り、大理石造りのロビーに入って、フロントで女への連絡を頼んだ。受付係は電話をかけ、何事か話し、ティボールの名前を尋ねて、さらに何か話していた。最後に受話器をティボールに渡した。

「ごめんなさいね」という女の声が聞こえた。「先日、あなたのお名前を聞くのを忘れていて、だから誰なのか少し考えてしまいました。でも、もちろん、あなたのことは忘れていませんよ。それどころか、ずっと考えつづけていました。あなたとは徹底的に話し合いたいことがたくさんあります。でも、最初から正しくやらなくてはね。

いま、チェロをお持ち？　もちろん、持っていませんよね。では、一時間後でいかが。きっかり一時間。チェロを持ってきて。待っていますから」

チェロを持ってエクセルシオールに戻ると、フロントの受付係がすぐにエレベーターを指し示し、ミス・マコーマックがお待ちです、と言った。

午後の真っ盛りとはいえ、女の部屋に一人で入るのにはためらいがあった。だが、入ってみると、そこは大きなスイートになっていて、寝室はまったく見えず、ティボールはほっとした。背の高いフランス窓には板のシャッターがついていたが、いまは折りたたまれ、レースのカーテンが風にそよいでいる。この窓からバルコニーに出れば、きっと広場が見下ろせるのだろう。部屋自体は、荒削りの石の壁に黒い木の床。ほとんど修道院のような雰囲気を漂わせているが、そこに花とクッション、アンティーク家具などが配置されて、厳しさを少し和らげている。そんな部屋とは対照的に、女はTシャツにトラックパンツ、スニーカーというくだけたいでたちだった。いまランニングを終えたばかりと言ってもおかしくない。とくに挨拶もなく迎え入れると、お茶やコーヒーも出さず、「さあ弾いてみて」と言った。「リサイタルでやっていた何かがいいでしょう」

指差す先に背のまっすぐな椅子があった。光るほどに磨かれて、注意深く部屋の中央に置かれていた。ティボールはそこに腰を下ろし、チェロケースを開けた。女自身は大きな窓の前に行き、ほとんど真横を向くようにしてすわると、ティボールが調弦をつづける間じっと虚空《こくう》を見つめていた。横顔しか見せないその位置取りが、ティボールにはなんとなく不安だった。演奏が始まっても女はその姿勢を崩さず、最初の曲が終わっても一言も発しなかった。ティボールはしかたなくすぐに二曲目に移り、それが終わると、さらに三曲目を弾きはじめた。こうして三十分が過ぎ、一時間が過ぎた。部屋の薄暗さと響きの乏しさのせいなのか、揺れ動くレースのカーテンで午後の日の光が拡散されるせいなのか、背景に広場のざわめきが立ち上ってくるせいなのか、そして何よりも女の存在のせいなのか、チェロから弾き出される音にはこれまでにない深みと新しい含蓄があった。一時間が終わろうとするとき、ティボールには女の期待に応ええたという確信が湧いていた。最後の曲が終わり、二人はしばらく沈黙の中にすわっていたが、やがて女が椅子の中で体をねじり、ティボールに向かってこう言った。

「そう、あなたのいまの状況が正確にわかりました。楽ではありませんが、大丈夫、あなたならきっとできます。ブリテンから始めましょう。もう一度弾いてみて。第一楽章だけ。そして話し合いましょう。一度に少しずつ、一緒に完成させていきましょう」

　これを聞いたとき、ティボールは楽器をケースにしまって立ち去りたい衝動に駆られた。プライドを何とか押さえ込めたのは、単なる好奇心のせいだったのか、もっと深い何かだったのか。ともあれ、女に言われた曲を再び弾きはじめた。だが、ほんの数小節で止められた。女が何やら話しはじめたとき、ティボールは再び立ち去ることを考えた。だがあと五分間だけ我慢しようと思った。無礼を避けるため、この押しつけがましい個人教授をあと五分間だけ、と。だが、実際には五分を過ぎても帰らなかった。もう少しいよう。そしてまた、あともう少しいよう。ティボールが弾き、女がしゃべった。その言葉は、最初こそ横柄に響き、とてつもなく抽象的に思えたが、その意味するらしきことを演奏に取り入れようと努力したとき、もたらされた効果にティボールは驚いた。それと気づかぬうちに、また一時間が過ぎていた。

「突然、何かが見えたんです」とティボールは私たちに語った。「まだ足を踏み入れたこともない庭園が遠くに見えました。そこへ行くまでの途中にはいろいろありそうでしたが、とにかく、初めて見る庭園がありました」

　ホテルを出たとき、太陽はほとんど沈んでいた。ティボールは広場を横切ってカフェにたどり着き、昂揚《こうよう》感のうちにテーブルについて、ホイップクリームを載せたアーモンドケーキという贅沢《ぜいたく》を楽しんだ。

それから毎日、ティボールは午後になると女のホテルに通った。最初の訪問で味わったあの覚醒の感激が毎回あるわけではなかったが、少なくとも、毎日新しいエネルギーと希望に満たされてアパートに戻った。女の批評はしだいに辛辣《しんらつ》になっていった。そばで誰かが聞いていれば、きっと言い過ぎだと思ったろうが、ティボールはもはや女の介入をそういう観点から見られなくなっていた。むしろ、この町での女の滞在がいずれ終わることのほうが恐怖になり、それに安眠を妨げられた。楽しいレッスンのあと広場に出るときも、その恐怖の影で足元が暗くなった。勇気を奮い起こし、おずおずと尋ねてみたこともある。だが、女の答えは決まって曖昧《あいまい》で、とても安心できるものではなかった。あるときは「そう……寒くなるころまでは」と言い、また別のときは「この町に飽きるまでずっと」と言った。

「だが、腕はどうなんだ」と私たちはティボールに尋ねつづけた。「ご本人のチェロの腕前はさ」

最初にそれを尋ねたとき、ティボールははっきりと答えなかった。ただ、「大家だそうです。最初からそう言っていました」と言葉を濁《にご》し、話題を変えようとした。だが、私たちが簡単に諦《あきら》めそうにないと悟ると、溜息をついて、説明を始めた。

ティボール自身、最初のレッスンのときから女がどんな演奏をするのかには大いに興味があったが、そのときはすっかり萎縮していて、尋ねるどころではなかった。部屋のどこにもチェロらしきものが見えないことに疑惑のかけらを感じはしたが、休暇だということだし、それなら楽器持参でなくても不思議ではないか、と思った。それに、閉じたドアの背後、寝室のどこかに、この町でレンタルした楽器が置いてあるのかもしれない、とも思った。

だが、レッスンのためにホテル通いをつづけるうち、疑惑は大きくなっていった。なんとか心から締め出そうと努力はした。というのも、レッスンの効果については、すでに何の疑いも持たなくなっていたからだ。女に聞いてもらえると思うだけで、想像力に新しい地平が切り開かれるようだった。ある日のレッスンが終わると、もう次の日のレッスンのために心の中で曲の準備を始めた。女の批評を予想した。その首が横に振られるしぐさ、しかめ面、ときにはうなずき、そして、まれに自分の演奏に女がうっとりし、目を閉じ、チェロが作り出す音の流れを手が——ほとんど意志に逆らって——なぞっている様を思い描いた。だが、それはそれとして、疑惑が完全に払拭《ふっしょく》されることはなかった。そして、ある日、ホテルの部屋に行くと、寝室のドアが少し開いたままになっていて、中が覗《のぞ》けた。居間と同様の石の壁が見え、中世風の四柱式ベッドが見えた。だが、チェロらしきものは影も形もなかった。いかに休暇中とは言え、大家がこれほど長い間楽器に触れずにいることなどあるだろうか……？　ティボールはこの疑問も心から締め出した。


やがて、二人はレッスンがすむと連れ立ってカフェに移動し、女がティボールのためにコーヒーとケーキを注文し、ときにはサンドイッチを買って、話のつづきをするようになった。その話も——最後には必ず音楽に戻るとしても——もう音楽のことだけとはかぎらなかった。たとえば、ティボールがウィーンで親しくしていたドイツ人の少女のことを女が尋ねたりした。

「でも、誤解しないでください。ガールフレンドではありませんから」とティボールは言った。「そんな関係ではありません」

「肉体的に親密でなかったということ？　それは、愛していなかったというのとは違いますね」

「いいえ、エロイーズさん、そうではなくて、もちろん好意は持っていましたが、愛ではなかったということです」

「昨日、ラフマニノフを弾きながら、ある感情を思い出していたでしょう？　あれは愛でしたよ、ロマンチックな愛」

「そんな……。いい友人でしたが、恋愛関係にはありませんでした」

「でも、あなたの演奏は愛の記憶のようでした。まだお若いのに、去られること、捨てられることを、もう知っている。だから第三楽章をあいうふうに弾いたのでしょう？　ほとんどのチェリストはあれを喜びの楽章として弾きます。でも、あなたのは喜びではなかった。永遠に去った喜びの思い出でした」

　こんな会話の中で、ティボールからも女に尋ねたいことはいろいろとあった。だが、ペトロビッチのもとで学んでいた二年間、ティボールが師に個人的な質問をしたことは一度もない。いまも、相手の何かを知るための質問など思いもよらなかった。だから せめて耳を澄ませ、女の言葉の端々から情報を集めた。オレゴン州ポートランドに住んでいること、三年前にボストンから移ってきたこと、「悲しい思い出があって」パリは嫌いであることを知り、いろいろと考えをめぐらしはしたが、深く追及することはなかった。

　知り合った直後に比べると、女はちょっとしたことでよく笑うようになった。それに、エクセルシオールから出て広場を歩いていくとき、ティボールの腕に自分の腕をからめる習慣ができた。私たちがこの二人をよく目にし、気にせずにいられなくなったのは、そのころのことだ。風変わりなカップルに見えた。ティボールは実際の年齢よりずっと若く見え、女はときに母親のように、ときにエルネストの言う「媚《こび》を売る女優」のように見えた。ティボール自身とよく口をきき合うようになる前、私たちは気の置けないバンド仲間の常として、この二人についてよく無駄口を叩いて時間を潰していた。二人が腕を組んで目の前を通り過ぎていくと、互いに目配せして、「やってきたばかりかな。な、どう思う？」などと言い合った。だが、ひとしきり想像をたくましくしたあと、肩をすくめて、ありそうにないな、と結論した。二人には恋人どうしという雰囲気がまるでなかった。ティボールが女のスイートでどう午後を過ごしているかを知るようになってからは、もう誰もからかったり、妙な茶々を入れたりすることがなくなった。

ある日の午後、コーヒーとケーキを前に二人して広場ですわっているとき、女はふと自分との結婚を望んでいる男のことをティボールに話した。名前はピーター・ヘンダーソン。オレゴン州でゴルフ用品の販売を手がけて成功している。頭がよくて、親切で、近所でも一目置かれている。エロイーズ自身より六歳年上だが、とくに年齢のギャップは感じない。最初の結婚でもうけた幼い子が二人いる。離婚は無事に成立している。

「だから、わたしがここで何をしているかおわかりね？」と、聞いたことのない気弱な笑い声を立てながら言った。「隠れているの。わたしの居場所をピーターは知らない。これって残酷な仕打ちよね？　火曜日に電話して、イタリアとは言ったけれど、町の名前までは教えませんでした。腹を立てていました。当然ですね」

「では、将来のことを考えながら夏を過ごされているわけですね」とティボールが言った。

「いいえ、ただ隠れているだけ」

「そのピーターさんを愛しておられない？」

女は肩をすくめた。「いい人ですよ。それに、わたしにはほかに結婚話があるわけではなし……」

「音楽が好きな方ですか」

「そうね……わたしが住んでいる場所では愛好家で通るでしょう。だって、コンサートには行くし、そのあとはレストランで、聞いたばかりの演奏についていろいろすてきなことを言うし、音楽好きと言っていいでしょう」

「で、あなたを理解してくれますか」

「大家との暮らしが簡単でないことは理解してくれています」そう言って溜息をついた。「わたしの人生ではそれがずっと問題。あなたもきっとそうですよ。でも、あなたにもわたしにも選択の余地がない。進むべき道というものがありますからね」

そのあと、ピーターの話題は二度と出なかったが、この話し合いを境に、二人の関係はどこか変わった。ティボールが弾き終わり、女が静かに考えをまとめようとしているとき、あるいは二人で広場にすわっていて、女がぼんやりと周囲のパラソル越しに何かを眺めているとき、ティボールはもう居心地の悪さを感じることがなくなった。無視されているのではなく、こうしてそばにいるだけで女に受け入れられていることがわかっていた。

ある日の午後、一曲弾き終わったところで、末尾近くにあるほんの八小節ほどの短いパッセージをもう一度弾いてみるように言われた。言われたとおり弾き直してみたが、女の額に現れた小さな皺は消えなかった。

女はいつものように大きな窓の前にすわり、ティボールに横顔を向けたまま、首を横に振った。「わたしたちのようには聞こえませんね」と言った。「ほかの部分はよかった。ほかはちょうどわたしたちみたい。でも、その部分だけが……」そして少し身震いをした。

ティボールは気分を変えてもう一度弾いた。ただ、何をどうしたいのかが不確かだったから、首がまた横に振られても意外には思わなかった。「すみません」と言った。

「もう少しはっきりお願いできませんか。〝わたしたちのようではない〟とはどういう意味でしょうか」

「わたしに弾いてみてほしい？」

女の口調は静かだった。だが、その顔がティボールに向き直ったとき、二人の間に緊張が生まれたのがわかった。女はほとんど挑《いど》むような眼差しでティボールを見据え、答えを待っていた。

「もう一度やってみます」と、やがてティボールは言った。

「でも、なぜわたしが自分で弾いてみせないのかと思っているでしょう？　あなたのチェロを借りて弾いてみせないのか、って？」

「いえ……」と、ティボールは何気ない動作に見えるよう願いながら首を横に振った。

「いえ、いまのまま、これまでどおりでいいと思います。あなたが言葉で教え、ぼくが弾く。そうでないと真似になってしまいます。あなたの言葉でぼくの目の前に窓が開く。あなたが弾いたのでは、窓は開かず、ぼくはただのコピー屋です」

女はしばらく考え、「たぶん、そのとおりですね」と言った。「では、もっとはっきりした物言いを心がけましょう」

次の数分間、女は結尾句と経過句の違いについて話しつづけた。そのあと、ティボールが問題の数小節を弾くと、今度はにこりとし、それでいいというふうにうなずいた。

だが、このやり取りがあってから、二人の午後には何か影のようなものがまとわりつくようになった。それとも、影は最初からあって、それがいま瓶《びん》から飛び出し、二人の間にわだかまるようになっただけなのだろうか。ある日、二人して広場でくつろいでいるとき、ティボールは自分のチェロにまつわるエピソードを披露した。前の所有者がどうやって手に入れたか。まだソ連が存在した時代、アメリカ製ジーンズ数本と交換した……。話が終わると、女が半笑いのような奇妙な表情でティボールを見つめ、こう言った。

「いい楽器ですよ。いい音色をしています。もちろん、わたしは手を触れたこともないので断定はできませんけれど」

女は影のわだかまる領域に向かおうとしていた。ティボールは慌てて目をそらし、「あなたのような大家に適した楽器ではありません」と言った。「ぼくでさえ、なんとか間に合うという程度のものですから」

ティボールは女との会話でリラックスできなくなった。気を緩めると会話を乗っ取られ、あの影の領域に戻されそうで怖かった。どんなに楽しい会話をしていても、心の一部は警戒を解けない。女に突破口を開かれないよう常に見張り、開きそうになったときはすぐに閉ざさなければならない。もちろん、いつも阻止できるとはかぎらなかった。そんなとき――たとえば、女が「わたしが弾いてあげられたらずっと簡単なのに……」などと言ったりするとき――ティボールは単に聞こえないふりをした。

九月も終わろうとし、風に冷たさが忍び込んできたころ、アムステルダムのカウフマン氏からジャンカルロのもとに電話があった。市の中央に位置する五つ星のホテルで、小さな室内楽グループにチェリストの空きができた。グループとして一週間に四夜、食堂を見下ろすバルコニーで演奏するほか、メンバーにはホテル関係の軽い作業が課せられることがある。食事と宿泊も、望めば可能。この話を聞いて、すぐにティボールを思い出したので、声をかけて、いま押さえてもらってある……。私たちはすぐ――電話があったその日の夕方に――カフェでこのニュースをティボールに知らせた。だが、ティボールの返事は実にそっけないもので、初夏にカウフマン氏とのオーディションに臨んだときとは熱意に天地の差があった。全員があっけにとられたが、とくにジャンカルロは気色ばんだ。

「よく考えたいって、何を考えたいんだ」とティボールを問い詰めた。「カーネギーホールでも期待していたのか」

「とてもありがたく思っています。でも、この問題はよく考えなければなりません。食べて、おしゃべりしている人たちへの演奏に、ホテルでの軽い作業……。ぼくのような音楽家に適した仕事でしょうか」

もともと、ジャンカルロは怒りっぽい性格だ。これを聞くと、ティボールの上着をつかみ、顔がくっつき合うほどに引き寄せて怒鳴りはじめた。私たち全員が分けに入った。ジャンカルロの剣幕に、ここはティボールの肩を持ってやらねばなるまいと考えた者もいて、彼の人生だ、嫌な仕事を無理強いはできまい、ととりなした。やがて全員の興奮が収まり、ティボール自身も、一時しのぎの仕事としてはメリットがないではないという見解に落ち着いた。「確かに、観光シーズンが過ぎればこの町には閑古鳥が鳴くわけですし」(これに再びむっとする者もいた)「それに比べれば、アムステルダムは少なくとも文化の中心地ですからね」と言った。「慎重に検討します。カウフマンさんには、どうか、三日以内に決めるからとお伝えください」

小躍りを期待していたジャンカルロとしては、到底満足できない答えだったろう。憮然《ぶぜん》とした面持ちで、カウフマン氏に電話をかけに行った。この夜の騒動の間中、誰の口からもエロイーズ・マコーマックの名前は出なかった。だが、ティボールのすべての発言の背後にこの女の影響があることは、全員にわかっていた。

ティボールが去ったあと、「あの女のせいで、傲慢なばかになった」とエルネストが言った。「あんな態度をアムステルダムまで引きずっていくようだと、あっちでもいろいろと揉めそうだな」

ティボールは、カウフマン氏が同席したオーディションのことを女に話していなかった。話そうとしたことは何度もあったが、そのたびに臆病風に吹かれた。関係が深まれば深まるほど、オーディションに同意したこと自体が裏切りのように思えていた。だから、今度もカウフマン氏からの電話の内容について相談することなど考えもせず、気取《けど》られることさえ避けたいと思っていた。だが、ティボールは昔から隠し事などできたためしがなく、秘密にしておこうと決めたことから思わぬ結果が生じた。

異常に暑い午後だった。いつもどおりホテルに来て、ここしばらく準備していた新しい曲を女のために弾きはじめた。だが、三分と経たないうちに女が演奏をやめさせ、こう言った。

「何かおかしいですね。あなたが入ってきた瞬間にそう思いました。あなたのことはもうよくわかっているのですよ、ティボール。ですから、ドアのノックの音で、おや、と思いましたし、演奏を聞いて確信しました。わたしから隠そうとしてもだめです」

ティボールは慌てた。弓を下ろし、すべてを白状しようと観念した。だが、そのとき、女が押しとどめるように手を上げて、こう言った。

「これはいつまでも逃げていられない問題です。あなたはいつも必死で避けてきましたが、これ以上は無理です。わたしは話したい。この一週間、ずっと話したいと思ってきました」

「ほんとうに?」ティボールは驚いて女を見つめた。

「ええ」女は椅子を動かし、初めてティボールと向き合うようにすわった。「あなたをだますつもりなどありませんでしたよ、ティボール。この数週間、わたしはとても苦しんできました。あなたはとても大切な友人です。そのあなたが、わたしにだまされたなどと考えるとしたら、とても堪えられません。いえ、待って、今度だけは止めないで。これだけは言わせて。いま、あなたがそのチェロをわたしによこして、弾いてくれと言ったら、わたしはノーと言わなければなりません。わたしにはできません。

いえ、楽器が劣っているからとか、そんな理由ではありません。でも、逆にわたしを偽者だ、誰か別人のふりをしていると思っているなら、それも違います。これまで二人で何をし、何を成し遂げてきたか振り返ってみてください。わたしが偽者でないことの十分な証明になるでしょう？　ええ、確かに大家だと言いました。その意味を説明しましょう。わたしが言いたかったのは、特別な才能の持ち主だということです。あなたもそうです。わたしたちは、ほとんどのチェリストが一生持ちえないもの、いくら練習しても絶対に身につかない何かを持って生まれてきました。あの教会で初めてあなたの演奏を聞いた瞬間、あなたの中にそれがあるとわかりました。きっとあなたも同じでしょう。わたしの中にそれを認めたはずです。だからこそ、初めてのとき、このホテルに来る気になったのでしょう？

わたしたちのような人間は多くありませんが、出会えば互いにわかります。わたしはチェロを弾けません。事実です。でも、それで何が変わるでしょう。わかって。わたしは大家です、ティボール。ただ、包み隠されたままの大家です。あなたもまだ完全に解かれてはいません。この数週間、わたしがやってきたことは包みを解くこと、あなたを覆ういくつもの層を剝がすこと、そのお手伝いでした。だまそうとしたことなどありません。百人のチェリストのうち九十九人までは覆いの下に何も――包み隠そうにも、何も――ありません。わたしたちは特別です。助け合わなければなりません。混雑の中で認め合ったら、場所がどこであれ、手を伸ばし合わなければなりません。あまりにも数少ない人種ですから」

女の目に涙が浮かんでいたが、落ち着いた声に変化はなかった。話し終えて女は黙り、またティボールに横顔を向けた。

「ご自分を特別なチェリストだと信じていらっしゃる」しばらくしてティボールが言った。「大家だ、と。あなた以外のぼくたちは、あなたの言う覆いを剥いでいかなければならない――下から何が現れるか不安に思いながら、でも勇気を持って。でも、あなた自身は覆いを剥がない。剝ぐ気もない。何もしない。自分は大家だという信念だけは揺るがない……」

「怒らないで。奇妙に聞こえることはわかっています。でも、事実です。真実です。わたしがまだ小さいころ、母はわたしの才能を見抜きました。そのことでは母に感謝しています。でも、探してきてくれた教師というのが、四歳のときも、七歳のときも、十一歳のときも、みなだめでした。母にはわからなくても、わたしには本能的にわかりました。年は幼くてもね。そして、自分の才能を守らなければならないと思いました。その人々に――たとえ善意からではあっても――完全に破壊されないように。ですから、その人々を拒絶しました。あなたもそうですよ、ティボール。同じことをしなければなりません。あなたの才能は貴重です」

「あの……」とティボールは割り込んだが、口調は穏やかになっていた。「では、子供のころにはチェロを弾いたが、いまは……」

「十一歳からチェロに触れてもいません。ロス先生のレッスンはつづけられないと母に言った日から、一度も。母は理解して、では何もせずに待つのがよい、と言ってくれました。とにかく、わたしの才能を傷つけないのが最優先でしたから。いずれ、待ち望んだ日が訪れるかもしれません。わたしはいま四十一ですから、もう遅すぎるかなと思わないでもありませんけれど、少なくとも、持って生まれた才能を傷つけることはしていませんから。手助けをしてやろうという教師には数多く出会いましたが……ときに判断は難しいのですよ、ティボール、わたしたちにとってさえね。これらの教師は、とても……プロなのです。口が上手です。聞いてみると、最初はだまされます。ああ、やっと、と思います。頼りになる人が現れた。わたしの同類だ……。でも、結局は底が割れました。頑張るべきは、違うと気づいたときです。そのときは鉄の意志で拒絶しなければなりません。覚えておいて、ティボール。進むより、待つほうがいい。ときに悲しくなります。いまだに自分の才能をあらわにできていないことがね。

でも、絶対に傷つけてはいない。それが重要です」

結局、ティボールは準備してきた二曲を弾き、女はそれを聞いた。だが、いつもの和やかさは取り戻せず、レッスンは早く終わった。広場に出てコーヒーを飲んだが、ほとんど話すこともなかった。最後に、二、三日町を離れるつもりです、とティボールが言った。以前から周辺の田園地帯を見たいと思っていて、それで短期間の休暇を計画しました……。

「いいことです」と女は静かに言った。「でも、あまり長く留守にしないで。まだ、やることがたくさんありますから」

遅くても一週間以内には戻る、とティボールは約束した。だが、別れ際の女の態度はどこか不安そうだった。

旅の予定のことは、必ずしもすべて真実ではなかった。まだ日程さえ決めていなかった。その日の午後、女と別れてから、ティボールはアパートに帰っていくつか電話をし、最終的にウンブリア州境の山中にあるユースホステルにベッドを確保した。夜、カフェに来て、旅に出ることを私たちに話した（訪れるべき名所旧跡について、私たちはてんでに矛盾し合うアドバイスをした）。そのあと、おずおずとジャンカルロに向かい、室内楽グループの仕事をありがたくお受けします、と言った。カウフマン氏にどうぞよろしく、と。

「ほかにどうしようもありません」と私たちに言った。「戻ってくればすっからかんですから」

ティボールは田舎の旅を十分に楽しんだようだ。ドイツから来たハイカーと友人になったことと、山腹のトラットリーアで金を使いすぎたこと以外、あまり多くを語らなかったが、とにかく、一週間の旅で見るからに元気を取り戻していた。私たちと顔を合わせると、留守の間にエロイーズ・マコーマックが町を去らなかったかどうかをまず知りたがった。

観光客が減りはじめ、ウェイターがテラスヒーターを持ち出して戸外のテーブルの間に置く季節になっていた。戻った日の午後、ティボールは早速いつもの時間にチェロを持ってエクセルシオールに出かけた。そして、女が部屋で待っていてくれたのを知って喜んだ。ただ待っていただけではなく、自分がいない一週間、寂しい思いをしていたらしいことも知った。女は感情を込めてティボールを出迎え、普通なら食べ物や飲み物を並べて歓迎の意を表すところ、代わりに急き立てるようにいつもの椅子にすわらせた。「さあ弾いて。早く、とにかく弾いて」と言いながら、いらいらと自分でチェロケースを開けはじめた。

二人はすばらしい午後を過ごした。女の〝告白〟があり、あんな別れ方があったあとだから、ティボールとしてはどんな再会になるのかと心配していたが、二人の間の緊張は消え、いままでにないよい雰囲気に戻っていた。一曲弾き終えると、女が目を閉じて演奏の批評を始めた。長く厳しい批評だったが、ティボールには憤《いきどお》る気持ちがまったく湧かなかった。ただ、女の言うことをできるだけ完全に理解したいと思った。次の日も、その次の日も、同じだった。ともにリラックスして、ときには軽口なども飛び出した。ティボール自身、生涯でこれほどうまく演奏できたことはないと思った。田舎旅行の前に交わした会話には二人とも触れず、その田舎旅行について女が尋ねることもなかった。二人は音楽のことだけを話し合った。

戻ってから四日目、部屋のトイレの水槽から水漏れがあり、ほかにもいくつかのことが重なって、エクセルシオールに行く時間が遅れた。カフェの前を通りかかったときはもう光が薄れかかっていて、ウェイターが小さなガラスボウルの中の蠟燭《ろうそく》に火をつけはじめていた。バンドは夕食時のプログラムに移り、もう二曲目に入っていた。ホテルに向かって広場を歩きながら、ティボールが私たちに手を振った。チェロケースのせいで、歩き方が不自然だった。

受付係が電話することを少しためらった。部屋に行くと、女がいつもどおり暖かく出迎えてくれたが、どこかが違った。ティボールが何か言おうとすると、その前に女が早口で言った。

「ティボール、よかった。いま、あなたのことをピーターと話していたところです。そう、とうとう探し当てられてしまいました」そして部屋の中に向かって、「ピーター、ティボールが来ましたよ。チェロを持って」と呼んだ。

ティボールが部屋に入ると、ポロシャツを着た大柄な男が立ち上がり、笑顔でよろめくように歩いてきた。髪が灰色に変わりつつあった。ティボールの手を堅く握り締め、「君のことはいろいろと聞いているよ」と言った。「エロイーズに言わせると、明日の大スターだそうだ」

「ピーターは執念深くて」と女が言った。「いずれ見つかるとは思っていました」

「おれから隠れても無駄さ」ピーターはそう言って、ティボールのために椅子を引いてやると、キャビネットのアイスバケットからシャンパンをとり、グラスに注いだ。

「さあ、おれたちの再会を君にも祝ってもらおう」

ピーターが引いてくれた椅子は、偶然、いつものチェロ椅子だった。ティボールはそのことを意識しながらシャンパンをすすった。女はいまどこかに消えていて、ティボールはしばらくグラスを片手にピーターと話をした。親切そうな男に見えた。いろいろな質問をしてきた。ハンガリーのような場所で成長するというのはどういうことなのか。初めて西側に来たときはショックだったか……？

「おれも楽器ができたらな」とピーターが言った。「君は幸運だ。おれも習いたいが、たぶん、もう遅いな」

「何事も遅すぎるということはありません」とティボールが言った。

「そのとおり、遅すぎはしない。遅すぎるなんてただの言い訳さ。実際は忙しいだけだ。だから、フランス語を習うには遅すぎる、楽器を習うには遅すぎる、『戦争と平和』を読むには遅すぎる、したかったことをするにはいつも遅すぎる——そう自分に言い聞かせる。エロイーズは子供のころ楽器をやっていた。聞いているかな？」

「はい、聞いています。とても素質があったとか……」

「そのとおり。エロイーズを知るやつなら誰でもわかる。感受性が豊かだ。レッスンを受けるべきは、おれなどよりエロイーズだな。おれなんか指がバナナみたいなもので……」そして手を広げてみせて笑った。「ピアノも弾いてみたいものだが、こんな手で何ができる？　地面を掘るにはいい。うちの家系は何世代もそうやって生きてきた。だが、おれのエロイーズは……」グラスでドアの方向を指し示した。「すばらしい感性の持ち主だ」

やがて、黒いイブニングドレスを着て、多くの宝石で飾り立てた女が寝室から出てきた。

「ピーター、ティボールを退屈させてはだめよ。ゴルフになど興味はないんですから」

ピーターは両腕を広げ、懇願《こんがん》するようにティボールを見た。「言ってやってくれよ、ティボール。おれが一言でもゴルフの話をしたか？」

ティボールは、そろそろ帰りますと言った。夕食にお出かけになるのを邪魔しては悪いですから……。この申し出は二人から却下された。ピーターがこう言った。

「おれを見てくれ。晩餐用に正装した姿に見えるかい」

ちゃんとした服装に見えたが、ティボールは二人の期待に応えるため、笑い声を立てた。ピーターがつづけた。

「君の演奏のことを聞かされつづけてきたおれに、何も弾かずに立ち去るなんてひどくないか？」

ティボールは困惑し、実際にチェロケースに手を伸ばして開けかけたが、そのとき女が強い口調で言った。聞いたことがない声音だった。

「ティボールの言うとおりね。時刻を考えたほうがいいと思う。この町のレストランって、時間を守らない客にテーブルを空けておいてくれないのよ。ピーター、着替えなさいな。鬚《ひげ》も当たって。ティボールはわたしが下まで送ります。内緒話もあるし」

エレベーターの中で二人は笑顔を見せ合ったが、話はしなかった。外に出ると、広場にはもう明かりがついて、夜の風景になっていた。やはり休暇から戻ったらしい近所の子供たちがボールを蹴り合い、噴水の周りで追いかけっこをしていた。夜の外出を楽しむ人々がもう繰り出していて、たぶん私たちが奏でる音楽も空気中を漂い、二人が立っているところまで届いていたと思う。

「そういうことなの」と、やがて女が言った。「探し当てて、これで結婚の資格ができたってところかしら」

「とても魅力的な方です」とティボールが言った。「アメリカへ戻られるのですか」

「たぶん、数日のうちに」

「結婚なさる？」

「そうなるでしょう」女は真剣な眼差しをティボールに向けたが、一瞬で目をそらした。「そうなるわね」と繰り返した。

「あなたの幸せを祈っています。親切そうな方ですし、音楽の愛好家でもある。あなたには重要なことですね」

「そう、とても重要」

「あなたが支度《したく》なさっていた間、ぼくらはゴルフでなく音楽の話をしていました。レッスンのことを」

「あら、彼の？　わたしの？」

「両方です。でも、あなたに教えられる先生など、オレゴン州ポートランドにそう多くはないでしょうね」

女は笑った。「前にも言ったとおり、わたしたちはいろいろと難しいわね」

「そうですね。わかります。この数週間で、いっそうよくわかるようになりました」そして、「エロイーズさん」と呼んだ。「お別れする前に言っておかなければなりません。ぼくはすぐアムステルダムに行きます。そこの大きなホテルに空きがあるそうです」

「ポーターをなさるの？」

「いえ、小さな室内楽グループの一員として、ホテルの食堂で食事客のために演奏します」

ティボールは注意深く女を見つめていた。目の中に何か燃え上がるものを見たが、それはすぐに消えた。女はティボールの腕に触れ、にこりと笑った。

「そう、幸運を祈ります。そのホテルのお客さんは幸せね。きっとびっくりしますよ」

「そうだといいですけれど」

二人はホテル正面を照らす光のプールのすぐ外に立ち、いましばらく、大きなチェロケースをはさんで向かい合っていた。

「あなたがピーターさんと幸せに暮らされますように」

「わたしもそう願っています」女はそう言って、また笑った。次にティボールの頬にキスをして、一瞬抱きしめた。「体に気をつけてね」と言った。

ティボールは女に感謝し、ふと気づくと、エクセルシオールに向かって歩いていく女の後ろ姿を見送っていた。


ティボールはすぐに町を離れた。最後に一度、私たちと一杯飲んだ。ジャンカルロとエルネストには仕事のことで大いに感謝し、私たちの友情にも感謝していた。だが、なんとなくよそよそしい感じもした。同様の印象を受けた仲間がほかに何人かいたが、機嫌の直ったジャンカルロはすっかりティボールの肩を持ち、興奮していただけだ、とかばった。人生の新しい一歩を踏み出すんだ。神経質にもなろうさ……。まったくジャンカルロらしい。

エルネストは「興奮だと？　そんなことがあるものか」と言った。「夏中、天才だと持ち上げられつづけたんだぞ。それがホテルの仕事じゃがっかりだろう。こんな場所でおれたちと口をきくのもがっかりのはずだ。夏の初めにはいい若者だったが、あの女の手で変えられちまった。おれとしちゃ、いなくなってくれて清々したぜ」

最初に言ったとおり、これは七年も前のことだ。当時のメンバーはフェビアンと私を残すだけで、ジャンカルロもエルネストもその他の連中もどこかへ去った。肝心のあの若いハンガリー人マエストロのことも、今日広場で見かけるまではずっと忘れていた。体形が少し丸くなり、首の周りも太くなっていたが、見れば、あの若者だと気づくのは難しくなかった。ただ、ウェイターを呼ぶときの指の動きに、昔と違う何かがあった。私の気のせいかもしれないが、人生への不満からくる苛立ち、ある種の傲慢さ——そんな何かがあった。もちろん、一瞬見かけただけで断定するのはフェアではあるまい。それでも、周囲に気に入られたいという若者の気遣いを失い、慎重な立ち居振る舞いをなくしているように見えた。まあ、この世を生きていくにはいいことだと言えないこともない。

声をかけられればよかったが、プログラムが終わったときはもういなくなっていた。たぶん今日の午後だけいて、またどこかへ行ったのだろう。スーツを着ていた。可もなく不可もない普通のスーツだったから、いまはデスクの後ろで事務仕事でもしているのだろうか。たまたま近くに用事があって、昔を思い出してこの町を通り過ぎていったのだろうか。何もわからない。仮にまた広場で見かけることがあって、演奏時間とかち合わなかったら、ぜひ呼び止めて話をしてみたいものだ。

訳者あとがき

イシグロ初の短篇集である。これまでにも――とくに初期に――いくつかの短篇を発表していて、その多くは日本語にも翻訳されている。だが、それらが主として長篇への習作という趣《おもむき》のものだったのに対し、今回は短篇を書くつもりで短篇を書いたそうである。本書に収めた五篇は、何年か書き溜めておいた作品を一つにまとめたのではなく、すべて――アイデアは以前から暖めていたものもあるようだが――書き下ろしである。本書全体を五楽章からなる一曲、もしくは五つの歌を収めた一つのアルバムにたとえ、「ぜひ五篇を一つのものとして味わってほしい」とイシグロは言っている。

五月初旬にイギリスで発売されてから、すでにいろいろな書評が出ている。それを読みながら、「へえ、そうなんだ」と思うことがいくつかあった。たとえば、短篇集のマーケットが長篇小説のそれに比べて著しく小さいらしいことが一つ。具体的には同一作家で比較すると四分の一以下という小ささで、どうも、欧米の読者は数ページごとに新しい世界に入り込むのが嫌いだったり、面倒くさかったりするらしい。私自身はこれまで短篇集と呼ばれる作品を翻訳したことがなく、その辺の事情には疎かったこともあって、知って実に意外な感じがした。評判になった短篇集をいくつも見聞きしているし、むしろこういうもののほうが読者が手に取りやすく、よく売れるのではないかという印象をもっていたが、誤りだったようだ。知り合いの編集者に聞いてみたところ、欧米ほど極端ではないが日本でも似たようなことが言えるらしい。

とすれば、これまで長篇で成功してきた作家が書き下ろしの短篇集を出すというのは、損得勘定でいけば損ということになる。だが、イシグロ自身は「売れ行きのことは気にしない。こういうものが好きな人に楽しんでもらえれば」と言っていて、確かに、損ばかりではなかろう。短篇しか読まないという人も——数は少なくても——きっといるに違いないし、そういう意味では新しい読者層の開拓につながるかもしれない。だが、それより何より、イシグロ本人が最大のメリットと考えているのは、プロモーションに駆り出されずにすむということのようだ。これまで、長篇を書くたびに一年半から二年間も海外を回り、無数のインタビューに応じてきた。ホテル暮らしがつづいて、書く時間があまりとれないという状況もあったが、今回の短篇集については出版社側が「ビジネス上の理由」からそういうプロモーション活動を一切しないと決めたようで、イシグロは腰を落ち着けて次作にとりかかれる。これまで四、五年に一作というようなスローペースで作品を発表してきたが、次作の発表は少し早まるかもしれない。

さて、本書である。常々、大きく影響を受けた作家の一人にチェーホフをあげているとおり、モーパッサン的なドラマ性や落ちはなく、どれも人生の一瞬を切り取ってみせたような作品に仕上がっている。

タイトルが『夜想曲集』、副題に「音楽と夕暮れをめぐる五つの物語」とあれば、音楽と夕暮れが重要なテーマになっていることは当然だが、もう一つ、どの話にも共通しているのが夫婦間もしくは男女間の危機である。たとえば、第三篇「モールバンヒルズ」に登場する音楽家夫婦は、目指す音楽の違いから仲が険悪になりつつある。旅行中に若いころのイシグロを連想させるようなシンガーソングライター志望の若者と出会い、その歌から一瞬の安らぎをもらう。第二篇「降っても晴れても」では、いまは外国で英会話教師をしている五十近いジャズ大好き男が、大学時代の親友夫婦の間に生じた波風を静めようと悪戦苦闘するし、第四篇「夜想曲」では、才能はあるが醜男のテナーサックス吹きが、去っていった妻を取り戻そうと整形手術を受け、回復中に隣室の患者とホテル内を探検して回る。この二作にはドタバタ喜劇的な要素がたっぷりと含まれていると同時に、『充たされざる者』を思わせるようなシュールな味わいがある。第四篇でホテル内探検を先導した隣室の患者は、実は第一篇「老歌手」にも往年の大歌手の妻という役割で登場している。この歌手夫妻は結婚して三十年近くになるが、ますます深く愛し合っていて、いまイタリアのベネチアに来ている。夫はゴンドラを雇って運河を漕ぎ下り、窓辺の妻に向かってセレナーデを歌う計画を立てる。その心にある思いとは……。そして、私自身がいちばん不思議な話だと思っているのが、第五篇「チェリスト」である。ここには他四篇と違って夫婦は登場しないが、結婚を望む求愛者から逃げてきて、ひっそりとホテルに隠れている自称チェロ演奏の大家がいて、若いエリートチェリストに個人指導をする。

それぞれに独立した話であるし、場所もベネチア、ロンドン、モールバン、ハリウッド、アドリア海岸のイタリア都市とさまざまながら、イシグロ自身が一つのアルバムにたとえるだけあって、テーマにも雰囲気にも強い共通性（若かったころの思い出、失われた機会、拡散していく夢……ノスタルジア）がある。時代的にもほぼ同じで、イシグロの言葉では「ベルリンの壁の崩壊から9・11まで」を想定しているらしい。最初は六篇を収める予定だったが、一篇だけ時代設定が一九五〇年代になったため本書から除いた、とも言っている。これはいずれ別の形で発表されることになるだろう。

先ほど長篇を発表するたびにプロモーションに駆り出される、と書いた。何百回ものインタビューをこなしているうち、イシグロの内部には「インタビュー症候群」とでも呼ぶ感情が居すわったようだ。要するに外国の識者によるインタビューを幾度となく受けているうちに、自分の作品が翻訳でどう読まれるか意識せざるをえなくなった、というのである。もともと、いま身辺雑記を書くだけで世界中の読者に読んでもらえるような贅沢は、アメリカ文化に背負われたアメリカ人作家にしか許されていないという認識があって、だから常に万人に訴えかけるテーマで作品を書いてきた。だが、インタビュー症候群は文体にも大きな影響を及ぼさずにはおかない、と言う。つまり、何を書くときも、それがどう翻訳されるかが気になってしかたがない。一例をあげれば、英語でしか通用しない洒落や語呂合わせなどは、翻訳では消えてしまうから極力避けるようになった。

昨年末以来、水村美苗『日本語が亡びるとき――英語の世紀の中で』（筑摩書房）が話題になっている。イシグロのように、何か書けば必ず翻訳されるだろうという前提に立てるのは、水村の言う「普遍語」で書く作家のアドバンテージではあろう。そこに安住しないところに作家としてのイシグロの誠実さが見えるのだが、訳者としては、翻訳のことは翻訳者に任せ、英語の特性をとことん駆使した作品を書いてみてほしいという思いもある。

今回も大部分を息子大輔に下訳してもらって、それを私が仕上げるという形をとった。縁の下の力持ちを引き受けてくれた大輔には大いに感謝している。ありがとう。

編集の労は、今回も早川書房の山口晶さんにとっていただき、多くのありがたい助言をいただいた。心よりお礼を申し上げる。

二〇〇九年五月

笑いと音楽と救い

作 家
中島京子

カズオ・イシグロのコメディセンスについて書くことができるなんて、なんと幸せなことだろう。『日の名残り』の老執事も、『わたしを離さないで』のケアワーカーも、口を開けば、重厚な想い出を語り始めるから、そこに笑いがあるようには思わない読者もいるかもしれない。(いや、果たしてそうだろうか。あれほど面白い語り口に笑わない読者なんかいるのだろうか。)ともかく、カズオ・イシグロは笑いの名手だ。それはもう絶対にそうなのだ。わたしはイシグロの小説がとても好きだけれど、この作家と作品に寄せる深い尊敬と信頼の根底にあるのは、文章からにじみ出るユーモアに対する羨望と喝采なのである。

たとえば、彼の出世作『日の名残り』を思い出してみよう。この小説のほぼ冒頭には、語り手である英国の老執事が、陽気なアメリカ人雇い主に向かって、どのように軽口を叩いたものかと悩む場面が長く書き連ねられる。

「(略)冗談の言い合いなど、とても私が熱意をもって遂行できる任務とは思えません。変化の激しいこの時代ですから、伝統的な職務内容にない新しい任務を受け入れていくのは、十分に理由のあることです。しかし、冗談を言う言わないは、まったく次元の異なる問題ではありますまいか。それに、いまこそ冗談が期待されているのだと、瞬間瞬間にどうやったら判断できるのでしょう。――」

伝統を重んじる英国執事が、厳しい顔をして真剣に「冗談を言うという新しい任務」について思い悩んでいるのだ。読んでいるこちらはついつい笑みが口の端に浮かび、果てはくすくす笑い出してしまうことになる。真面目なフリをして、笑いのツボをちょんちょんと突っついてくるのは、実はカズオ・イシグロの得意技だ。

もう一つ、彼の小説の中ではもっとも不思議な作品、『充たされざる者』を挙げてみたい。これも冒頭に、ちょっと『日の名残り』の執事を思わせる、頑固で昔気質のポーターが出てくる。客から預かった重いスーツケースをエレベーターの中でも律儀に持ち続けているポーターは、スーツケースを床に置かないという行為が、ポーターという職業に対する尊敬を導き出すのであると、主人公に滔々と語る。これが伏線となって、物語の後半、いきなり彼が「ポーターのダンス」なる意味不明の舞踏を披露し始めた時の驚きたるや。重いスーツケースを二個も肩に担いだまま、必死の形相でステップを踏む老ポーターが、もう、可笑しいんだか、悲しいんだか。未知のブラックユーモアの世界に、読者は投げ込まれるのである。

＊

さて、『夜想曲集』である。

長篇作家の印象も強いイシグロが手がけた連作短篇集は、まさしく彼のコメディセンス全開、炸裂の一冊となった。副題が「音楽と夕暮れをめぐる五つの物語」とある。五つに共通するのは、モチーフだけでなく、ベルリンの壁崩壊から9・11までという背景設定もあるようだ。これから一つ一つ、その笑いと魅力を見て行きたい。読み終わった方とは、いっしょに反芻するため。未読の方には導入として。

「**老歌手**」

原題は「Crooner」。甘く囁くような歌い方の、ある時代を代表する歌手のこと。ビング・クロスビーとか、フランク・シナトラとか。この短篇のクルーナーは、トニー・ガードナーといって、六〇年代にはビッグネームだったが、それは過去の話。いまは鳴かず飛ばず、ベネチア旅行に伴った妻との間にも不協和音が生じている。旧共産圏出身のギター弾きである語り手は、トニー・ガードナーに一夜雇われ、ゴンドラの上で伴奏を務めることになるのだが――。クルーナーとは何か、ハリウッドとはどういう場所か。老歌手の重々しい語りが可笑しい。五篇のうち、いちばんしみじみした笑いが、先頭に用意されている。

「降っても晴れても」

カズオ・イシグロ史上、最も冴えない語り手は、音楽好きだが演奏家ではない。外国で英語を教えるという風来坊のような暮らしで五十近くなってしまった独身男だ。そいつが久しぶりに訪れたロンドンの友人夫婦宅には不穏な空気が漂い、夫からは、離れ始めた妻の心を引き戻すために、引き立て役になってくれと頼まれる。（「いつものおまえでいてくれ」だって。ひどい友人だこと）律儀な語り手ときたら、使命を全うするため、あんなことも、こんなことも、やってしまうのである。よくもこんなに悲惨な笑いを思いついたものだ。〈もてない男短篇文学賞〉があったら贈呈したい。

「モールバンヒルズ」

本作の舞台はイギリスの片田舎モールバンだ。芽の出ないミュージシャン志望の若者が都会から舞い戻り、姉夫婦が経営するカフェを半分不貞腐れて手伝っているところへ、スイス人の夫婦デュオがやってくる。この夫婦も完全にうまく行っているとは言い難い。ともあれ夫婦は若者を励ます。若かった自分をそこに見るからか――。完璧に洗練されたリアリズム短篇でありながら、音楽家の現在形、過去形、未来形といった要素が入り込むことで、長篇『充たされざる者』を想起させる。

「夜想曲」

　このまんま映像化してもらいたいような、スラップスティックコメディ。才能はあるのに売れないサックス奏者が、マネージャーに整形手術を受けろと言われる。顔さえ変えれば売れると。しぶしぶ手術を受けることにした背景にも夫婦の危機があり、逃げ出した妻の気持ちを引き戻せるかもしれないという一縷の望みが、サックス奏者にはあるのである。術後、顔を包帯でぐるぐる巻きにした彼は、やはり手術後の時間を持て余している隣の部屋のセレブリティから招待を受ける――。彼がセレブと共に「夜の散歩」に出、七面鳥の腹に手を突っ込まなければならなくなる顚末は、抱腹絶倒とともに読んでいただくとして。

「**チェリスト**」

　いい教育を受けた野心家の若いチェリスト、ティボールが、アドリア海に面したイタリアの小都市にやってくる。そして一人の女性チェリストに出会う。彼女は若者にレッスンを申し出る。男は弾き、女は批評する。奇妙な個人レッスンが繰り返される。女は音楽を聴いて語るけれど、けっして楽器を弾こうとはしない。そしてある日女は衝撃の告白をする――。ものすごく変な話だ。そしてこの一篇は、もっともカズオ・イシグロ的な不思議さに満ちている。

　並べてみるとわかるように、五篇には「夫婦の危機」という共通点もある。最後の一篇には存在しないように見えるが、そうでもないだろう。ラストで女性チェリストは、彼女の才能を理解しない男と結婚する。つまり、この人の結婚生活には最初から妙な音が差しはさまれている。音楽、夕暮れ（人生の黄昏）、すれ違う男と女。イシグロが、一枚のアルバムになぞらえて作ったこの短篇集は、軽み、滑稽みもさることながら、読み終えると共通のテーマに支えられたずっしりした手ごたえが残る。

そして、もう一つ、この五篇に通底するのは、「才能」という主題だ。

才能とはなんだろう。誰がどのように見出し、見出され、どのように開花し、成功とは何を指すものなのか。才能はあったけれど時代に見離された男（老歌手）。そこそこに才能はあり、そこそこに開花させたけれど、方向性に違いを見出して行き詰まる音楽家夫妻と、夢に手が届かない苛立ちを持つミュージシャン志望の若者（モールバンヒルズ）。才能があるのに不細工なために売れないサックス奏者（夜想曲）。天賦の才能を守るために音楽を奏でることを拒否する演奏家（チェリスト）。

才能。この厄介な代物。芸術家にとって才能とは、やはりなくてはならないものであるはずなのだ。天賦のものでもあるだろうし、努力の賜物でもあるだろう。けれどそれは多分に、環境や政治、はたまた運にも左右されるものであり、開花することじたいが稀であり、開花しても儚いことも多く、成功は誤解と背中合わせであり、失敗とも紙一重だったりする。

一人だけ、五篇の小説のうち、二篇に登場するリンディ・ガードナーという女性がいる。

この少し頭が弱く、衝動的で、能天気とも言える美貌の持ち主だけが、シニカルな短篇集にあって、救いの女神のようにまっすぐに、才能の、あるべき姿を信じている。二回も出してきているからには、イシグロはリンディが好きなのに違いない。

そしてやはり五篇で唯一、音楽家の登場しない「降っても晴れても」が、「才能」を主題としていないかといえば、とんでもない。「降っても晴れても」の主人公は、才能とは一切無縁のぼんくら中年男、レイモンドである。涙と笑い無しには読めないこの一篇を通して、イシグロは、やはり才能と音楽を類い稀な手際で扱う。

才能は誰にでも宿るものじゃない。なるほど。でも、それがいったいなんだというのか。才能とは、それを宿す人のためである以上に、他人の才能を享受する圧倒的多数のために存在するものなのだ。そこに音楽はあり、それは誰かによって作られ奏でられる。才能に見放された男にも、サラ・ボーンの八分間の至福は与えられるのである。音楽万歳！

＊本書は、二〇〇九年六月に早川書房より単行本として刊行された作品を文庫化したものです。

ハヤカワepi文庫は、すぐれた文芸の発信源(epicentre)です。

訳者略歴　英米文学翻訳家　訳書『日の名残り』『わたしを離さないで』『忘れられた巨人』イシグロ,『エデンの東』スタインベック(以上早川書房刊),『イギリス人の患者』オンダーチェ，他多数

夜想曲集《やそうきょくしゅう》
音楽と夕暮れをめぐる五つの物語

〈epi 63〉

二〇一一年二月十五日　発行
二〇一七年十月十六日　九刷

(定価はカバーに表示してあります)

著　者　カズオ・イシグロ
訳　者　土《つち》屋《や》政《まさ》雄《お》
発行者　早川　浩
発行所　株式会社　早川書房

東京都千代田区神田多町二ノ二
郵便番号　一〇一 - 〇〇四六
電話　〇三-三二五二-三一一一(大代表)
振替　〇〇一六〇 - 三 - 四七七九九
http://www.hayakawa-online.co.jp

乱丁・落丁本は小社制作部宛お送り下さい。
送料小社負担にてお取りかえいたします。

印刷・中央精版印刷株式会社　製本・株式会社川島製本所
Printed and bound in Japan
ISBN978-4-15-120063-2 C0197

本書は活字が大きく読みやすい〈トールサイズ〉です。